SU ROCKERO BILLONARIO

CHICOS MALOS Y BILLONARIOS, LIBRO 2

JESSA JAMES

Su rockero billonario: Copyright © 2017 Por Jessa James

Todos los derechos reservados. Ninguna parte de este libro puede ser reproducida o transmitida en ninguna forma o por ningún medio electrónico, digital o mecánico incluyendo, pero no solo limitado a fotocopias, grabaciones, escaneos o cualquier tipo de almacenamiento de datos y sistema de recuperación sin el permiso expreso y escrito de la autora.

Publicado por Jessa James
James, Jessa
Su rockero billonario

Diseño de portada derechos de autor 2017 por Jessa James, autora
Imágenes/Crédito de la foto: Deposit Photos: VitalikRadko; 4045qd; Ssilver

Nota del editor:

Este libro fue escrito para una audiencia adulta. El libro puede contener contenido sexual explícito. Las actividades sexuales incluidas en este libro son fantasías estrictamente destinadas a los adultos y cualquier actividad o riesgo tomado por los personajes ficticios de la historia no son aprobados o alentados por la autora o el editor.

1

Todos los hombres tenemos a una chica que se nos fue. Una que estremeció nuestro mundo y luego arruinó nuestras vidas. Sí, yo tuve una. Crystal Kerry. Mierda. Solo pensar en su nombre es como enterrar una estaca en mi corazón. Hace que me duelan las bolas. Ella era perfecta. Mi maldita novia de la secundaria. Sí, novia.

Me había olvidado lo asquerosamente concurrida que era Nueva York y tuve que pasar en medio de todos los transeúntes de la acera. Mierda, era una locura. Pero yo era una cara más en la multitud. Yo no era Kit Buchanan, el cantante principal de Nightbird. Yo solo era un tipo perdido en un mar de humanidad. Gracias. Mis pensamientos estaban en Crystal y yo no necesitaba a una seguidora que quisiera una foto o un autógrafo entre sus tetas. Yo quería revolcarme con la que se había ido. No, con la que yo había empujado y aplastado como un tanque pasando por encima de un gatito dulce e inocente.

Crystal era la indicada. Ella era dulce y gentil, siempre tuvo una sonrisa para mí desde el primer día del décimo grado. Ella había sido transferida a Whitfield como una estudiante con beca. Nuestros compañeros de clase sabían que ella era del otro lado de la calle. Pobre. Ellos olfateaban su pobreza, a pesar de que lucía igual que todos en su uniforme de la escuela verde y azul marino.

Fue difícil para ella ser nueva. Ser hermosa. Todas las chicas que habían estado coqueteando y follándose a todos los tipos ahora tenían competencia. No es que Crystal hubiera hecho algo. Solo ser linda era suficiente. Los chicos llamaban a Crystal "carne fresca". Con su cabello rubio y sus ojos azules, ella lucía igual que todos. Pero a diferencia de sus compañeros de clase, no sabía el efecto que tenía en otros. No tenía idea de que ella era "caliente". No solo un poco caliente, del tipo que todos los adolescentes querían follarse, sino del tipo de sueños calientes noches tras noche. O del tipo de masturbarse en la ducha pensando en sus tetas alegres o en sus largas piernas.

Estaba bien que yo me excitara, pero no alguien más. Especialmente no los imbéciles del equipo de Lacrosse que tenían la misión de ver quién se la follaba primero. Ellos querían esa virginidad con beca y apostaron a eso.

Yo terminé rápido con esa mierda. Mis puños me dieron tres días de suspensión, pero lo hubiera hecho de nuevo sin pensarlo. Nadie iba a tocar a Crystal. Nadie más que... yo. Ella era mía. Lo supe desde la primera maldita vez que la vi.

Mis padres me jodían por haberme peleado. Me jodían por la suspensión. Me jodían por las horas que pasaba practicando la guitarra y escribiendo música. Creo que les di su merecido al no ser el hijo pródigo, el futuro CEO de la maldita Buchanan Manufacturing, por no ser el típico Buchanan. Maldición, yo nací con una cuchara de plata en la boca, pero la escupí y preferí agarrar una guitarra. Yo era la maldita oveja negra de la familia. Seguía siéndolo. Y vivir en esa casa después de que mis hermanos se graduaron de Whitfield y fueron a universidades de la Ivy League aumentó la presión sobre mí.

Cómo sea. Yo abandoné esas oportunidades cuando tenía diez y quería tomar lecciones de guitarra en vez de tocar Beethoven en el piano. Yo sabía que nunca sería igual. No valía la pena el esfuerzo.

Y Crystal, ella quería tener éxito en Whitfield. Diablos, era su oportunidad de salir de ese hoyo de mierda que tenía por casa. Ella tenía una madre inútil y un padre que bebía demasiado y no tenía trabajo, ella sabía que este era su escape. Y lo aprovechó. Obtenía A en todas sus clases, era increíble. Logró hacer todo esto conmigo persiguiéndola como un idiota enamorado. Pero yo la amaba, la protegía. Ella era mi vida y yo era mucho más que solo su novio. Era su mejor amigo. Ella me contó todo. Me dio todo.

Sí, ella me miró una vez y se derritió. De alguna forma, por un maldito milagro, se enamoró de mis aspectos ásperos, del hecho de que no encajaba, de que no me importaba nada. Sabía que yo era su protector, que haría lo que sea por ella. Puede que para ambos haya sido nuestra primera vez, pero yo no tomé esa virginidad con beca. No. Ella me la dio una noche en la parte de atrás de mi camioneta. Estábamos enamorados. Incluso, dijimos esas palabras. Yo derramé mi carga cuando ella se sentó en mi regazo, desnuda y mojada y era demasiado para que mi cuerpo de diecisiete años lo resistiera. Crystal y Kit. Éramos inseparables. Yo sabía que no la merecía. Era un tipo consentido. Nunca había trabajado tan duro como ella tenía que hacerlo. Ella era inteligente, muy inteligente y yo hice lo que pude para mantenerla a salvo de las perras celosas y lejos de los idiotas que notaron las mismas cosas que yo. No solo era inteligente, era hermosa, llena de curvas y con una sonrisa matadora.

Yo era el peor de todos. Tenía una sonrisa rápida, un beso ardiente y haría todo lo que me dijera, incluso, estudiar. Así que quizás ella me folló para que me graduara. Ella subió mis notas para que pudiera obtener un diploma y pudiera escuchar su dulce discurso *valedictorian*. Ella me había empujado hasta que ambos estuviéramos en nuestros caminos. Una noche de viernes ella apareció con noticias de que había obtenido una beca en Stanford, y que la iba a abandonar por mí.

Fue en ese momento que lo supe. Yo no era bueno para ella. Era el fin del camino. Yo no iba a ir a la universidad. Diablos, mis padres me estaban amenazando con desheredarme si seguía con mi plan de hacer una carrera en la música. Y yo no me refería a la maldita sinfónica.

No, Crystal iba a llegar lejos. Pero no conmigo. Así que la dejé ir de la única forma que sabía. Me hice cargo de que corrieran noticias de que me había follado a Lindsay Mack, que, aunque había tomado la virginidad de Crystal, yo no le había dado mi corazón.

Yo no había tocado a Lindsay, pero Crystal no sabía eso.

Mi celular sonó trayéndome de vuelta del pasado. Lo saqué de mi bolsillo mientras esquivaba a una mujer que empujaba un cochecito.

"¿Qué?", grité al teléfono.

"La revisión de sonido está pactada para las cuatro". Tia Monroe era una buena mánager de banda, pero a veces podía ser un dolor en el trasero.

"Está bien. Estaré ahí. Quizás llegue unos minutos tarde". No tenía idea cuánto tiempo necesitaría si iba a ver a Crystal de nuevo.

"¿Tarde? ¿Por qué?".

"Tengo algo que hacer." *Alguien por ver.*

Escuché a Tia decir algo más, pero le corté. Terminé la llamada. Pensé en Crystal. Tia y la banda podían esperar. Yo había dedicado los últimos diez años de mi vida a buses de giras y a estudios de grabación; ellos podían esperar unos malditos treinta minutos para que yo pudiera ver de nuevo a Crystal. Saber que ambos estábamos en la misma ciudad trajo todo de nuevo.

Mierda, después de diez años me dolía recordar su expresión cuando le dije lo que había hecho. Lo que *supuestamente* había hecho. Lindsay Mack se pasaba toda la clase durmiendo y no le importaba que yo dijera mentiras. Demonios, ella odiaba a Crystal y estaba más que feliz de herirla de la única forma que sabía.

Con lágrimas cayendo por sus pálidas mejillas, Crystal se volteó y comenzó a correr. Corrió lejos de mi vida para siempre. Hacia Stanford. A la universidad. Me odiaba, probablemente aún lo hacía, pero yo podía aguantarlo. Era demasiado buena para mí, siempre lo había sido. Podía odiarme y vivir sus sueños.

Ella hizo exactamente lo que fue a hacer: tener éxito. Diablos, ella lo hizo. Por eso me detuve en frente de una tienda de libros de tres plantas en la Quinta Avenida. Estaba aquí para una firma de libros. Yo no supe nada de ella cuando se fue a California, pero, hacía seis meses, encendí la televisión y la vi sentada junto al presentador de programa nocturno más famoso de la ciudad. La novela que escribió un par de años atrás había entrado en la lista del New York Times. La historia fue vendida con un contrato multimillonario y el imbécil más apuesto de Hollywood estaba sentado a su lado, para interpretar al héroe del *thriller* de acción que ella había soñado en su cabeza. El maldito le tocó el hombro y le coqueteó. Ella le sonrió de vuelta, pero con una sonrisa que yo conocía. Frágil. Estresada. Tan hermosa que mi pene se levantó mientras la observaba. Esos ojos azules, esos labios rosados. Ella pestañeaba y se reía, hacía todos los movimientos correctos para la audiencia, pero yo conocía a Crystal. A mi chica no le gustaba ser el centro de atención.

Y ella seguía siendo mía. Cada pulgada de su cuerpo, cómo le gustaba ser tocada, besada, follada. Era famosa, rica. Ya no estaba del lado equivocado de la pista. Demonios, ella hizo sus propias pistas.

Yo estaba muy orgulloso de ella. ¿Cuáles eran las

probabilidades de estar de *tour* en la ciudad al mismo tiempo? Cuando vi su cara en un anuncio gigante, yo supe que tenía que ir. Tenía que verla, ver una expresión en su cara diferente a aquella del corazón roto, que yo le había causado. Esos ojos tristes, las lágrimas me persiguieron por una década. No podía dejar que abandonara Stanford por mí, pero eso no significaba que haberla visto irse no me hubiera roto el corazón.

La tienda era enorme. Tres plantas. Estaba llena de admiradores que querían un libro firmado por Crystal. Querían escucharla hablar sobre los personajes, sobre cómo se le ocurrió una trama tan increíble. Estas personas pueden haber leído su trabajo, amarlo, pero yo era su mayor admirador. Suyo. No de su historia. Diablos, ellos no se alejaron de ella para salvarla.

El piso principal estaba atestado para poder acercarme a ella. Diablos, apenas pude pasar por la puerta. La línea era enorme y se desviaba y curvaba. Al ver una escalera que iba al segundo piso, tuve en mente el balcón donde podría obtener un vistazo de ella desde arriba. Supe por las fotos de la prensa que ella seguía usando sus lentes. Todavía tenía el cabello rubio y los hermosos ojos azules. Ella creció, pasó de ser una chica a una mujer. Usaba maquillaje. Tacones y ropa lujosa. No usaba uniforme de escuela o labial de cereza.

Acomodándome, me incliné en la barandilla para

mirar abajo. Ahí estaba ella. Diablos, mi corazón se detuvo al volverla a ver. La primera vez en diez años. Las imágenes no le hacían justicia. Mientras las imágenes mostraban solo a la mujer confiada que escribió ese gran libro, estas escondían su personalidad. La introvertida que sonreía porque tenía que hacerlo. La personalidad tranquila que prefería una noche con una película a una rodeada de admiradores.

Yo vi la tensión en sus hombros, incluso, mientras sonreía y conversaba con sus seguidores, firmando autógrafo tras autógrafo. El cabello liso, el lindo vestido azul, los tacones de lujo. Todo era una cubierta. Dios, quería desnudarla para revelar a la verdadera Crystal. Para encontrarla de nuevo, para hacerla mía de nuevo.

Y cuando ella volteó para hablar con la mujer alegre de cabello y vestido rojo que estaba parada junto a la mesa, a su lado, ella de alguna forma levantó la mirada. Me vio. *Como si supiera que yo estaba ahí.*

Sus ojos se abrieron. Su sonrisa desapareció. El bolígrafo cayó de sus dedos. Esos malditos ojos azules encontraron a los míos y yo lo supe. Como un maldito puño en el estómago, yo supe que ella sería mía de nuevo. Yo me alejé una vez. Hacía diez años, no tenía nada que ofrecerle. La dejé ir.

No podía hacerlo de nuevo.

2

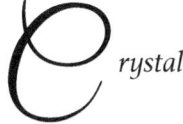*rystal*

No tenía idea de que vendrían tantas personas. ¿Vi dijo que sería grande, pero esto? Esto era casi una multitud. ¿Todos para verme? Dios, no estaba segura de si podría seguir sonriendo. No, yo no iba a ser una perra por mi éxito. A mi libro le fue mucho mejor de lo que había imaginado. Yo nunca esperé obtener un agente, un agente que se lo vendiera a una distribuidora de Nueva York. Diablos, un agente que le vendió los derechos de la película a uno de los mejores productores de Hollywood. Yo nunca esperé estar sentada en un programa nocturno al lado de uno de los actores más apuestos del mundo. Se esperaba que la película fuera un éxito. Una increíble actriz demasiado hermosa para ser real, que era una ganadora del premio de la Academia iba a interpretar al papel femenino principal. ¡Mi libro!

Sí, yo quería ser una escritora, ¿pero esto? Esto era una locura. Lo único que quería era regresar a mi habitación de hotel y tomar una ducha, colocarme mis pantalones de yoga, mi camiseta y leer un buen libro con una copa de vino. Sin ruido. Sin sonreír. Demonios, sin ningún contacto con nadie. Yo quería paz y tranquilidad. La energía de las multitudes era abrumadora. La atención, literalmente, me ponía mal del estómago y eso era algo que nunca había cambiado. Sí, yo crecí, aprendí a lidiar con las apariciones públicas, pero eso solo significaba que yo necesitaba un baño de burbujas y una botella luego para salvar mi cordura.

Como parte de una gira de prensa de tres meses, todo lo que podía hacer era sonreír y firmar. Platicar. Sonreír para las fotos. Abrazar. Tocar. Apretar manos. Mi publicista, Vivian, se encargaba de todo. Gracias a dios. Yo no quisiera su trabajo, pero a ella le encantaba manejar todos los detalles. De mí. Por supuesto, yo le pagaba, pero ella también era mi amiga. Excepto ahora mismo, cuando ella me entregó otro libro para firmar.

"Ya casi acabamos", me susurró. Yo estuve a punto de asentir y al voltear hacia la próxima persona en la línea, lo vi.

A él.

Santa mierda. Kit Buchanan.

Juro que el corazón se me salió del pecho. Él me estaba mirando. No, me estaba observando con tanta intensidad, que juro, que lo sentí hasta lo más profundo. Kit estaba aquí... por mí. Él no estaba en la línea, solo estaba observando.

Luego él asintió ligeramente. Nada más. Su cabello oscuro se deslizó sobre su frente. Estaba más largo que cuando estábamos en la secundaria, pero yo lo había visto en portada tras portada de revistas de chismes. Mientras yo tenía éxito con mi libro, Kit convirtió sus sueños de ser estrella de rock en realidad. Según lo que leí en las revistas, él trabajó muy duro por años con sus compañeros, realizando pequeños trabajos durante mucho tiempo. Luego ellos escribieron una canción, *Angel,* el tipo de canción que atrae a las grandes compañías discográficas. Ellos firmaron. Y obtuvieron éxito. Álbumes de platino, premios, conciertos por todo el mundo.

Mujeres. Mujeres en cada ciudad, una diferente en sus brazos cada noche. Fiestas salvajes, follar. Todo fue descrito artículo tras artículo sobre el famoso Kit Buchanan. Yo leí cada palabra, engulléndolo todo e incluso usando las notificaciones de Búsqueda de Google para que me enviaran las imágenes como a una adicta. Evidentemente, yo era una masoquista. Cada imagen me dolía. Cada sonrisa, cada chica en sus brazos. Él fue relacionado con modelos y estrellas jóvenes de Broadway, diseñadoras de modas y otras cantantes. Cada una de ellas lo miraba como yo solía mirarlo. Él era un dios, un maldito dios del sexo. Y ahora, el famoso cantante principal de Nightbird entró en la lista de las cincuenta personas más hermosas del mundo.

Algo que era estúpido. No había ningún hombre más sexy que Kit.

No debería haberme importado. Él arrancó mi corazón. Dios, comenzó con Lindsay Mack durante el verano después de la graduación y no se había detenido hasta ahora. No, él comenzó conmigo y luego me botó por pechos más grandes, faldas más cortas y con menos moral. En estos diez años y desde que lo vi por última vez, él ha pasado por cientos de mujeres mientras que yo puedo contar mis experiencias sexuales con una mano, con algunos dedos aún doblados.

Ningún hombre ha podido igualar a Kit. Dios, nosotros éramos unos adolescentes torpes esa primera vez en la parte trasera de su camioneta. Dolió como los demonios, pero él hizo que fuera bueno, fue paciente y gentil, aunque yo sabía que él solo quería follar. Y después de eso, nosotros lo hicimos como conejos, siempre se aseguraba que yo me viniera primero. Él sabía exactamente cómo me gustaba. Fue algo caliente, pero también fue algo especial. Él me hizo sentir bonita. Querida. Protegida. Amada.

Mentiras. Mentiras. Mentiras.

Pero luego todo se derrumbó. No fue suficiente para él. Él me arrancó el corazón con una precisión despiadada que yo esperaba de mis malditas compañeras. Nadie podía ser tan cruel como las perras ricas de nuestra escuela. Yo me enamoré de él porque era diferente, pero no. Al final, él siguió los pasos de su familia después de todo. Mandar todo al demonio por dinero, fama y éxito.

Yo me fui a Stanford en un viaje completo, con el corazón roto y sola. Estudié para bloquear el dolor de su rechazo, de su engaño. Pero él se burló de mí al convertirse en famoso. Su cara estaba en todos lados. Las canciones que me solía cantar a mí en la parte trasera de su camioneta ahora estaban en la radio. Yo no podía evitarlo, sin importar adonde fuera. Para ese entonces, yo había levantado una pared tan amplia alrededor de mi corazón que nada podía pasar. Nadie con un pene tenía permitido entrar en mi corazón. Me había convertido en una perra fría y despiadada. Diablos, yo me había convertido en una de las perras que odié durante la secundaria. No amé a ningún hombre desde entonces, ni siquiera a mi esposo. Era por eso que Robert era ahora mi exesposo.

Yo seguí la carrera de Kit como una amiga. Y a pesar de lo mucho que me lastimó, no pude evitar estar feliz por su éxito. Él hizo exactamente lo que planeó. Estaba dominando el mundo con una guitarra en sus manos. Justo como yo sabía que lo haría.

Mientras me miraba, no había ninguna guitarra. Estaba la camiseta negra y los jeans gastados insignia. El cabello rebelde, una sombra de barba. Él era el chico que recordaba. Ya crecido. Él era todo un hombre y mi cuerpo respondió como una cuerda de guitarra, llenándose de vida con un sonido vibrante que no había sentido en años.

Maldita sea. No podía dejar de mirarlo. Dejar de sentir...

"Crystal", susurró Vi. "¿Qué estás mirando?".

Cuando yo lo dejé de observar, ella también levantó la vista. Su mano agarró mi brazo como una garra. "Demonios, es ese...".

Asentí.

"Él es una maldita estrella de rock. Dios, yo tengo todos los álbumes de Nightbird. Todos los chicos de la banda son súper apuestos. Y él te está mirando". Ella me miró. "¿Crystal, lo conoces?".

¿Si conocía yo a Kit Buchanan? Cada pulgada de su piel. El sabor de su beso. El grueso ancho de su...

Ella soltó un pequeño grito, pero cubrió su boca con sus dedos.

"Chica, quiero la primicia".

Yo lo miré por un segundo más y luego retiré mi vista. Mirando a Vi, intenté deshacerme de eso que sentía en ese momento. Ella me vio con un anhelo que nunca había visto antes. "¿De verdad te gusta tanto Nightbird? Yo pensaba en ti como alguien con una colección de Taylor Swift".

"¡Vamos! Él es hermoso. Ese cabello oscuro. Y la forma en que toca la guitarra, me imagino lo que puede hacer con esos dedos. ¿Puedes imaginarte lo habilidosos que son esos dedos?".

Sí, me puedo imaginar. Puedo hacer *más* que imaginarme.

Hice un sonido de aceptación y ella chilló.

"Aquí no. No ahora", susurré. Lo miré por última vez, encontré su mirada, su oscura mirada. "Nunca".

Ya había terminado. Kit Buchanan me arruinó una vez. No iba a permitir que lo hiciera de nuevo. Puse de nuevo una sonrisa y seguí con mi vida, regresé a la siguiente persona que esperaba pacientemente en la línea. Yo lo vi y sobreviví.

Recogí mi bolígrafo del suelo y regresé a mi vida, una vida que no lo incluía.

———

Crystal

"CRYSTAL".

Yo conocía esa voz. La he escuchado en mis sueños.

La recordaba. Recordaba cómo jugaba con ella antes de darme un beso. La recordaba cuando era dura y profunda cuando se venía, dentro de mí.

Cerré mis ojos y respiré profundo. Me volteé.

Puse esa falsa sonrisa que había perfeccionado estos días.

"Kit".

"Demonios, Kit Buchanan", Vi dijo su nombre mientras se movía para colocarse a mi lado, bloqueándolo entre la mesa y la pared. Aunque él la pudo haber sacado del camino, ya que tenía una cabeza más de altura que mi pequeña representante, él solo le dedicó su usual y carismática sonrisa.

"¿Y tú eres?", preguntó él.

"Vivian lonsdale. Mis amigos me llaman Vi y tú *definitivamente* eres uno de mis amigos".

Dios, ella le estaba coqueteando. Definitivamente, alguien que él llevaría a la habitación de atrás para follar. Si él se lo ofrecía, yo no tenía duda de que Vi se entregaría. A ella no le importaría ser una más en su lista.

"¿Qué estás haciendo aquí?" pregunté.

Él volvió a mirarme... y no de la misma forma en que miró a Vi. Su oscura mirada me penetraba, como si viera a través de mi exterior a la chica que él amó y perdió. No, no perdió, sino a la que sacó de su maldita vida.

"Vi tu cara en un cartel a unas cuadras de aquí".

Dios, yo vi eso. Yo no tenía idea de que mi nariz fuera tan grande hasta que la vi a cuarenta pies de altura.

"Yo estoy en mucha prensa. No tenías por qué venir a verme en persona", le dije yo.

"¡Crystal!", me regañó Vi. "Ella está cansada. Por favor, disculpa su comportamiento".

Él negó con su cabeza y su cabello oscuro le cayó de nuevo en su frente. Yo me aguanté de alcanzarlo y arreglarlo, sentir su cabello suave de nuevo.

"No, Crystal tiene razón. Yo no tenía que venir a verla. Yo quería hacerlo". Mientras él le hablaba a Vi, seguía mirándome a mí. "Yo la he estado acosando en línea por un tiempo".

Mi corazón palpitó una vez, muy fuerte y miles de imágenes inundaron mi mente. Kit, con cientos de mujeres fabulosas y hermosas en sus brazos en los últimos diez años. Y ninguna de ellas era yo.

"¿Ustedes se conocen o algo?", preguntó Vi. Dios, ella era problemática.

"O algo", murmuró él.

Sus ojos se oscurecieron y cuando él pasó su pulgar por su barbilla, no pude evitar el raspado. Hacía diez años apenas tenía bigotes y ahora... él era el hombre más apuesto.

"Amo toda tu música", dijo Vi, tratando de llenar el vacío.

"Tengo un concierto esta noche". Él miró a Vi.

"Deberían venir. Comienza a las siete. Dejaré dos entradas VIP con ingreso a los camerinos con Will. Ellos les dejarán entrar a las seis para que puedan conocer a la banda y puedan conocer todo. Les daré un *tour* personal".

Vi casi gritó. Las cabezas se giraron al ver la forma en que ella saltaba con una alegría increíble.

"Sí, dios. Estaremos ahí, cierto, ¿Crystal?".

3

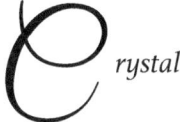rystal

PARPADEÉ. Mi amiga que iba a matarme con sus manos si le decía que no. ¿Rechazar entradas a camerinos y un *tour* personal del cantante principal de Nightbird? Sí, estaría muerta de inmediato. Yo sabía que ella era una fanática. Yo también era una, pero solo porque yo le había dado mi corazón al cantante principal hacía una década y nunca lo obtuve de vuelta.

"No lo sé, Kit". Su nombre pasó rápido por mis labios mientras luchaba por aire. ¿Por qué estaba él aquí? ¿Y por qué escuchaba lo que él decía? Él me arrancó el corazón y lo piso cuando yo tenía dieciocho. ¿De verdad me iba a someter a ese tipo de tortura?

"Ven". Dios, esa palabra de sus labios me hizo temblar. Yo la he escuchado decirla antes, pero él no estaba hablando sobre un concierto. En ese entonces, yo estaba debajo de él, su pene estaba dentro de mí. O él tenía su cabeza entre mis piernas con su boca directamente sobre mi clítoris.

Yo me moví, juntando mis piernas para evitar la picazón. Dios, él aún me calentaba con solo una palabra. Sí, parece que esta noche me iba a subir a un loco viaje. Iba a poder ver lo que hizo con su vida. Conocer a sus miembros. Podría, finalmente, dejar de pensar en qué habría hecho con su vida. Quizás, eso me ayudaría a olvidarme de él.

"Estaremos ahí. Definitivamente". La promesa de Vi estaba entre nosotros, gruesa y pesada con diez años de remordimiento y anhelo y años de extrañarlo.

"Miren, me tengo que reportar a las cuatro, pero las veré a las dos esta noche". Él me miró un segundo de más. "Es bueno verte, Crys".

Luego se fue, pasando a través de la multitud. Parece que no estaba fuera de mi vida después de todo.

Kit

. . .

No había estado tan nervioso por un espectáculo en años. Los nudos en mis intestinos no tenían nada que ver con los miles de fanáticos que estarían en la arena. No he podido comer una maldita cosa desde que la vi, desde que ella me llamó "Kit" con esa maldita voz sexy, desde que ella mordió su labio y me miró con esos malditos ojos azules de bebé que me arañaron como garras en papel.

Mi chica ya era toda una mujer y ella puede estar siseando y gruñéndome, pero yo vi la forma en que sus ojos se oscurecieron cuando me miró. Aún estaba ahí. Lo estaba. La conexión completamente ilógica y perfecta entre nosotros. Amor a primera vista, nunca dejé de quererla. Estando en frente de ella, no parecía que hubieran pasado diez años desde que la tuve debajo de mí, arañándome la espalda y susurrando mi nombre. Diez minutos. Diez segundos. Demonios.

Aún podía oler su piel, saborear su dulce vagina en mi lengua. Si cerraba mis ojos, juro que aún podía sentir el delicioso dolor que ella provocaba al jalar mi cabello, rogándome que la hiciera olvidar todo menos nosotros.

"Hey, Kit. Amigo, la pizza se está enfriando".

"Gracias, amigo". Le asentí a Cole, quien sacudió su cabeza y volvió al vestuario a relajarse, comer algo de pizza y ver lo que sea que estuviera en la televisión. Nuestro mánager de la banda, Tia, apareció con mi pizza preferida antes del concierto y trajo suficiente comida a la habitación para alimentar a un pequeño ejército. Una botella de whisky estaba al lado de las cajas en la mesa plegable. Estaba sin abrir, algo que era extraño.

Normalmente, Reese Keeland, nuestro baterista, la abría y todos tomábamos un trago para calmar los nervios. Esta noche, él estaba echado en el suelo, con los pies sobre el sofá y los ojos cerrados como si estuviera tomando una maldita siesta. El resto de los miembros de la banda estaban echados en los muebles o comiendo algo. Sebastian tenía al amor de su vida, una guitarra eléctrica negra de seis cuerdas, en su regazo como si le fuera a hacer el amor.

Yo no estaba de humor para tomar whisky o cualquier otra cosa. Eran las seis y media y ella no estaba aquí.

"¿Vas a comer o qué?". Tia se colocó en frente de mí y me di cuenta de que me estaba moviendo como un animal enjaulado. Yo ni siquiera esperaba hacer el espectáculo. El usual golpe de adrenalina no estaba. En vez de estar emocionado por el show, yo me sentía vacío. Muerto por dentro. Como un callejón desierto en una parte oscura de la ciudad.

"No tengo hambre".

Sebastian tocó unas cuantas cuerdas y volteó a verme. "¿Qué sucede contigo, hombre? Has estado raro desde anoche".

Anoche. Cuando vi ese maldito anuncio con la cara

de Crystal mientras venía del aeropuerto, hice que el chofer se detuviera, salí y observé la hermosa cara que veía en mis sueños. Angel. Desde entonces me golpeó el gran maldito error que cometí hace diez años. "Nada, estoy bien".

Tia levantó una ceja oscura y delgada. Ella medía un poco más de metro y medio, como una columna de metal sólido. Nadie nos causaba problemas porque nadie le causaba problemas a ella. Ella podía maldecir como un marinero. Yo la he visto derrotar a propietarios, calmar a las barras más sórdidas en el país y abogados. Ella era puro fuego debajo de cien libras de cabello sedoso negro y una mala actitud. "Bien, entonces llamaré al frente y le diré que despida a tus invitados".

"¿Qué?", Reese abrió sus ojos y me miró mientras descansaba en el suelo. "¿Hombre, qué diablos? Que nadie venga, no esta vez. Estamos todos cansados. ¿Quién es?".

"No voy a hacer el acto de chico bueno esta noche. Sea quien sea tendrá que comer un pedazo de pizza y pasar el rato". Sebastian regresó su atención a su guitarra y a la nueva canción en la que estaba trabajando en su cabeza.

"Lo que sea. No me moveré". Reese cerró sus ojos y resumió su pose de meditación budista. No me importaba. Nada de lo que dijeran me importaba.

"¿Cuándo llegaron?".

Tia revisó su teléfono. "Hace diez minutos".

¿Diez minutos? ¿Ella ha estado aquí por tanto tiempo y yo no lo sabía?

"Las mandé al almacenamiento en la oficina del dueño. No estaba segura de qué sucedía ya que *alguien* no me dijo".

"Lo siento". De acuerdo, sí, ese alguien era yo, pero no me importaba. Ella estaba aquí. Miré a Tia. "Necesito un favor. Uno grande, un favor que te deberé toda mi vida".

Ella giró sus ojos oscuros, pero ya estaba sonriendo. Si había algo en el mundo que Tia amaba, eso era ser necesitada. "¿Qué?".

La agarré por el codo y la jalé conmigo al pasillo y lejos de la banda y de sus ojos curiosos. Ellos podían ser como un montón de viejas curiosas cuando querían serlo. "¿Dos mujeres, cierto?".

"Sí".

"¿Una rubia alta y hermosa y una pelirroja no mucho más grande que tú?".

Tia asintió. "Sí". Yo me apuré hacia la oficina donde ella mandó a Crystal, pero Tia clavó sus: "El nombre de la pelirroja es Vi. Ella es una publicista de una importante editorial de Nueva York. La rubia con ella es Crystal Kerry".

Los ojos de Tia se abrieron y supe que la tenía. "¿La escritora?".

"Sí". Comencé a caminar de nuevo, ansioso de ver a

Crystal. "Necesito que pasees a Vi, le des un *tour* y le presentes a la banda".

Su sonrisa era más que sospechosa. "¿Y qué estarás haciendo tú?".

"Rogándole perdón a la única mujer que he amado".

Tia se detuvo de nuevo. "¿Crystal? ¿Tu Crystal? ¿De la secundaria?".

Por los mil demonios. ¿No había secretos aquí? "¿Cómo sabes sobre Crystal?".

Tia se echó a reír. "Tú solías tomar mucho, Kit, y cuando te emborrachabas te gustaba hablar sobre ella, por horas".

Jesús. "Cállate. Ayúdame esta vez, ¿sí?".

Tia se encogió de hombros. "Está bien, pero me debes una".

Abrimos la puerta y ahí estaba, la presencia de Vi a su lado como un escudo. La oficina era como una habitación verde. Un sofá viejo, unas cuantas sillas, una de esas estaciones con un espejo y focos redondos alrededor.

Tia entró como una general de batalla y Vi no estaba demasiado feliz de ser escoltada fuera de la habitación antes de que Crystal tuviera una oportunidad de pestañear, o siquiera protestar porque estábamos solos.

"Crys".

Mierda, ella lucía hermosa. Tenía un par de jeans

pegados, sus piernas eran interminables. Sus caderas se habían ensanchado, un recordatorio de que yo herí a una chica, pero ante mí estaba ahora una mujer. Ella tenía un top rosado suave con cortes en los hombros. Era coqueta, pero no muy sexy. Podría haber usado un saco y yo la hubiera encontrado atractiva. Porque la ropa no importaba. Yo sabía lo que estaba debajo.

"Kit". El pestillo sonó detrás de mí y yo no me molesté en mirar. Yo le agradecería luego a Tia.

Me acerqué dos pasos y le agradecí a mis estrellas de la suerte que Crystal no se alejara. Ese no era su estilo. Retroceder no era su estilo.

"¿Qué estás haciendo? ¿Qué estoy haciendo aquí?". Lo último lo dijo con un asomo de risa. Pero, al menos, no estaba gritando o diciéndome cosas como había hecho antes. No era como si no me hubiera merecido lo de esa noche. Merecía eso y más.

Me acerqué más y levanté mi mano sobre su mejilla. "Arreglando lo que destruí…"

"No hay arreglo para esto".

Pasé mi pulgar por su labio inferior y toqué su labial de cereza y lavanda. Maldita sea. Ella seguía usándolo. Ese dulce aroma llenó mi cabeza y yo sabía exactamente cómo sabían esos labios, lo dulces que serían. Lo inocente que era esa boca cuando se cerraba alrededor de mi pene. Sus ojos se cerraron por un momento y yo supe que la tenía, al menos por un momento.

Como un imán, ella me acercó y yo bajé mi cabeza hasta que nuestros labios se encontraron en una dulce exploración. Yo no quería asustarla. Yo no quería que huyera. Yo la necesitaba.

Mía. Mía. Mía. Ella era mía desde que tenía dieciséis. Coloqué mis manos a su alrededor y la acerqué a mí, sin la gentileza que estaba pretendiendo. ¿Cómo podía aguantarme cuando la cosa más perfecta estaba enfrente de mí? Nadie se le comparaba. Nadie. Su suave gemido me entró a los huesos y mi pene se endureció al instante. Yo conocía ese sonido. Dios, había extrañado ese maldito sonido.

4

it

Ella colocó sus brazos alrededor de mi cintura y yo me perdí en su sabor, en el suave tacto húmedo de su lengua en contra de la mía. Yo la follé con mi boca, explorándola y saboreándola, haciéndolo como quería hacerlo con mi pene. Sus brazos impidieron que tuviera acceso al resto de su cuerpo, pero yo toqué su espalda, exploré la curva de su cadera. Agarré su trasero.

Ella tenía un trasero genial. Grande, redondo y suave, perfecto para... todo tipo de cosas.

Yo empujé hacia atrás hasta que su espalda tocó la pared y ella despegó sus labios de los míos en un suspiro. De acuerdo. La dejaría respirar, pero no podía detenerme. Ahora que ella estaba en mis brazos, era como si todo mi ser estuviera hambriento de más. Mi pene estaba presionado en ella y no había forma de que no se hubiera dado cuenta.

Yo agarré su barbilla, moví su cabeza a un lado para poder besar, succionar y lamer su cuello. Ella levantó sus brazos hacia mi cabeza, enterró sus dedos en mi cabello como solía hacerlo antes. "Kit".

Sin aliento. Caliente. Ella dijo mi nombre, pero no era una pregunta, era más como un *te extrañé*.

Con sus brazos arriba, tuve acceso al resto de ella y me aproveché, deslicé una mano por la parte trasera de sus pantalones para tocar su trasero desnudo, dios, ella estaba usando una tanga y luego pasé la otra mano por su blusa para sentir su seno, para tocar y tirar de su pezón como yo sabía que le gustaba. Su cabeza fue hacia atrás, golpeando la pared y ella arqueó su espalda presionada junto a mis manos.

"Kit, ¿qué estamos haciendo?". Ella se estremeció mientras yo mordí su clavícula ligeramente y coloqué mi mano dentro de su sujetador. Ella era demasiado suave, por todos lados. Incluso mejor de lo que recordaba.

No podía darle una respuesta, no ahora mismo. Si le dijera la verdad, si le decía lo que quería, ella me diría que me fuera a la mierda.

Yo la quería. Yo quería un hogar y tres o cuatro

bebés de ojos azules y un par de molestos gatos peludos que se sentaran en su regazo y me sisearan cada vez que les dijera que se fueran. Los últimos años en la carretera habían sido duros y solitarios. Cuando la dejé, yo no tenía nada. Mis padres me desheredaron justo como me lo habían advertido y yo fui a Nueva York, encontré a los chicos y comencé la banda. Yo viví de whisky y mantequilla de maní por dos años, por más tiempo borracho de lo que estaba sobrio.

El clan Buchanan era enorme. Yo tenía un montón de tías, tíos y primos, los cuales se juntaban todos para el Día de Acción de Gracias. Yo arreglaba mi mierda ese día. Sí, veía a mis primos, casi todos hombres y pasábamos el rato, pero no éramos cercanos. Cuando tuve un concierto en un pueblo donde ellos vivían, les envié entradas. A Natalie y Ben, junto con nuestro otro primo, Jack, quien vivía en Seattle. Pero mi familia, sin importar lo distante que era, nunca llenó el dolor que era únicamente por ella. El alcohol, las drogas o las mujeres nunca me calmaron. Me fui aliviando con el paso de los años, pero nunca por completo. No hasta este momento.

Besarla de nuevo era mantener su boca lo suficiente ocupada para que hiciera preguntas. El sabor familiar de su labial de cereza me enloquecía y me di cuenta de que no había vuelta atrás. No esta vez.

Yo fui a California después de que la banda tuvo éxito, cuando tuve suficiente dinero para ofrecerle algo más que un apartamento que compartía con otros tres imbéciles y la vida en una van. Pensé que quizás había sido un error. Quizás, una vez que se graduara de Stanford, entonces yo podría entrar en su vida sin arruinarla.

Y fue entonces cuando vi a ese maldito surfista y el diamante gigante en su maldito dedo. Ella se casó con ese imbécil seis semanas después y eso fue todo. Comencé a ahogarme después de eso. Estaba perdido, como un bote en el mar sin remos y sin vela. Yo escribí música, mucha música y me ahogué en mujeres para evitar los pensamientos de mi Crystal entregándose a alguien más. Nosotros tuvimos conciertos por todo el mundo. Yo ya no necesitaba el dinero de mi familia, especialmente con la ayuda de mi otro primo, Carter, un genio de las inversiones.

Mi padre finalmente cedió y me permitió visitar mi hogar, una vez que vio que ya no era un fracaso total. Mis hermanos me habían apoyado en todos esos años, me habían enviado dinero cuando no tenía, me habían mantenido fuera de las calles. Las escuelas de la Ivy League no los convirtieron en imbéciles, gracias a dios. Mi familia estaba ahí, y yo seguía vacío.

Nada lograba quitar a Crystal de mi cabeza y hacía un año, yo me detuve. No más bebida. No más drogas. No más mujeres. Trabajaba, comía, dormía. Toda la banda había cambiado este último año. Era como si todos hubiéramos alcanzado un punto crítico y evolucionamos de la noche a la maldita mañana.

Cuando vi a Crystal dando su entrevista de televisión, algo dentro de mí cambió. Y cuando noté que el diamante de tres quilates ya no estaba en su dedo, yo me obsesioné. Me obsesioné con lo que ella logró. Me obsesioné con verla. Con hablarle. Con tocarla.

Tenerla de vuelta, en mi vida, en mis brazos, en mi cama.

Muy duro, yo apreté su trasero y la levanté del suelo, empujándola hacia la pared lo suficientemente fuerte como para hacer que las fotos enmarcadas se movieran. Su suave gemido me calentó y yo me moví, empujé la dura punta de mi pene en la v entre sus piernas, la toqué de arriba abajo mientras le saqueaba su boca.

Ninguna maldita cosa se había sentido tan bien, nada en diez malditos años.

¡Bang! ¡Bang! ¡Bang!

Crystal jadeó y separó su boca de la mía para mirar sobre mi hombro a la puerta. La voz de Reese sonó claramente como una campana "¡Hey! ¡Vamos! ¿Qué estás haciendo ahí? ¿Te estás masturbando? Salimos en cinco. ¡Date prisa!".

¡Bang! ¡Bang!

Los últimos golpes del puño de Reese en la puerta hicieron que Crystal se moviera en mis brazos y yo sabía que el momento había pasado. Era un cobarde. No podía hacerlo, no podía ver esos expresivos ojos azules y ver odio o arrepentimiento o dolor.

Cerrando mis ojos, descansé mi frente en la de ella y coloqué mis dos manos en la seguridad relativa de su cintura. "Me tengo que ir".

"Lo sé".

"No vayas a ningún lado, gatita. Prométemelo". La besé de nuevo, una vez, rápido y fuertemente. "Quédate. Necesito hablar contigo".

"¿A esto le llamas hablar?". Su voz me llegó y yo absorbí el momento, la sensación de tenerla en mis brazos o sus piernas alrededor de mi cintura, su sabor en mis labios. Pero yo conocía a esta mujer, la conocía mejor de lo que nadie lo haría. Ella era demasiado inteligente para su propio bien. Logré apagar esa mente fenomenal por unos minutos, pero cuando su cuerpo se enfriara, ella estaría de vuelta donde comenzó.

Odiándome.

"Hablaremos, luego haremos más de esto. Espérame".

No pude quedarme y escucharla decir que no. Demonios, yo estaba por subir al escenario con ocho mil personas. Si ella me hubiera rechazado, yo hubiera sido un asco ahí afuera. Así que besé su frente y me alejé sabiendo que ella, quizás, no estaría cuando el concierto terminara.

"Espérame".

Crystal

Tuve cinco minutos para arreglarme cuando Kit salió. Fue suficiente para respirar hondo, ajustar mi sujetador, arreglar mi labial y asegurar que mi cabello no luciera como si me acabaran de follar.

Dios, Kit me acababa de empujar en contra de la pared y me besó. No, él casi me folló. Si su compañero de banda no hubiera tocado la puerta, no había duda de que Kit me hubiera follado. Yo lo habría dejado. La química entre nosotros siempre había estado fuera de serie y después de diez años no había cambiado.

Con su uniforme de jeans bajos, su camiseta pegada y botas negras, él era hermoso. Una estrella de rock hermosa. Pero eso era lo que él quería que todos vieran. Yo vi en sus oscuros ojos, a intensidad, la necesidad. Su voz áspera, cuando me llamó gatita de nuevo. Él no quería a otra mujer, él me quería a mí.

Yo tenía mis piernas alrededor de su cintura como un mono trepando a un árbol. ¿Qué diablos pasaba conmigo? Él me había engañado una vez. Él lo haría de nuevo. Kit Buchanan era un jugador. El rey de los jugadores. Diablos, él escribió el libro de los jugadores.

Yo solo fui una más. Obtener la virgen *nerd* en la secundaria y follarla de nuevo una década después. Yo debí haberme ido. Debí irme al hotel y tener esa copa de vino, la paz y la tranquilidad que deseaba antes de que Kit apareciera de nuevo. Ahora yo quería ir al hotel y a Kit desnudo.

"Estoy muy emocionada para saber los detalles de tu relación con al maldito cantante líder de la banda más famosa. Por ahora". Tia me arrastró por el pasillo mientras un tipo tecnológico con grandes auriculares nos llevaba detrás del escenario. Él nos dijo que nos mantuviéramos en el ala y él apuntó al escenario. No era como si no pudiéramos ver la banda. La audiencia gritaba, aplaudía y silbaba. Gritaba. Reese Keeland estaba hablando, decía algo, pero yo no le estaba prestando atención. Yo estaba viendo a Kit.

Su cabeza estaba baja mientras afinaba su guitarra y ajustaba la correa en su hombro.

El baterista fue a su lugar. Yo conocía los nombres de todos, no porque fuera una fanática a muerte como Tia, sino por todo el acoso por internet que le había hecho a Kit. Sentía que los conocía a todos. Todos estaban cubiertos en tatuajes y con ese tipo de feromona de chico malo. Pero yo solo quería a Kit.

Demonios. No lo quería ahora. Lo quise en el pasado. Hacía una década.

Tia agarró mi brazo y saltó como una adolescente en su primer concierto.

"Conozco esa mirada", gritó ella cuando la banda comenzó unas cuantas notas, acelerando a la multitud. "Esto no es solo un enamoramiento, ¿cierto?".

Mantuve mis ojos en el escenario cuando negué con mi cabeza.

"¡Hola, Nueva York!" La multitud enloqueció.

Reese le pasó el micrófono a Kit, ofreciéndole a la multitud una de sus sonrisas. "Estamos aquí para comenzar la noche con la canción que lo empezó todo". Él tocó los primeros acordes de *Angel* y la multitud enloqueció. Giró su cabeza y me miró, encontrándome como si supiera exactamente dónde estaba. Mi corazón se sacudió y luego se calmó. Sí, me sentí tan mareada como Vi.

"Ya que la persona que inspiró la canción está aquí".

Su oscura mirada mantuvo la mía mientras él comenzó la canción y cantó la primera línea.

"¡Oh, dios mío! Vi chilló. ¿Tú eres Angel?".

¿Lo era? La canción era acerca de perder alguien y Kit me cantó la canción mientras todo mi cuerpo se tensaba por el dolor. Las lágrimas me llegaban a los ojos y volteé mi cabeza para secarlas. No necesitaba que Vi viera esto. O que Kit las viera. Él rompió mi corazón y me echó. ¿Y ahora?

¿Qué diablos era esto? ¿Por qué estaba parada aquí como una idiota? ¿Intentaba matarme con esto? ¿Amándolo de nuevo? Porque él era el mismo viejo

Kit. Sexy. Intenso. Mío. En el fondo, él siempre sería mío.

Kit volteó su cabeza y se concentró en el concierto. Cantó y tocó hasta que estaba brillando en sudor, su camiseta pegándose en sus músculos, sus tatuajes brillaban y demonios, él era tan caliente.

¿De verdad había escrito *Angel* sobre nosotros? Yo siempre pensé que era sobre una mujer que falleció. Que alguno de sus compañeros de banda había perdido a alguien en un accidente de coche o algo. Pero no. Tenía sentido ahora.

Él me estaba diciendo algo. No, él me estaba contando todo.

Yo me quedé ahí, en el mismo lugar mientras observaba el concierto. No pude ver otra cosa aparte de Kit. Él era bueno. Era demasiado bueno en ser una estrella de rock. Él lo hacía ver fácil, sin esfuerzo. Demasiado sexy. Y cuando él le dijo buenas noches a la audiencia, me miró de nuevo. Esta vez no era sobre una canción que hablaba de amor y pérdida, sino de algo nuevo. Algo que nunca se había ido. Algo que él tenía que tener. Algo que ansiaba, que necesitaba. A mí.

Mientras sus pasos cubrían la distancia entre nosotros, yo me tensé, me puse nerviosa. Ajusté mi camiseta, que no lo necesitaba y limpié mis palmas en mis jeans. Todo mientras él me miraba.

"Creo que me voy a venir solo de la forma en que él te mira".

Escuché las palabras de Vi con su tono burlón, pero no le presté atención. Solo tenía ojos para Kit mientras levantaba su guitarra por encima de su cabeza y le pasaba el instrumento a su mano derecha. Él le pasó la guitarra a Vi, sin detenerse a ver si ella la había atrapado. Él no se detuvo cuando llegó hacia a mí y me besó. El beso en la oficina fue un calentamiento, una introducción gentil en comparación a esto. Su lengua me asaltó, su boca me devoró. La gente estaba a nuestro alrededor. Era ruidoso y una locura detrás del escenario, pero yo no presté atención. Yo solo saboreé a Kit, lo sentí, lo olfateé. No podía respirar. No lo necesitaba.

Luego él me bajó. Sus labios estaban resbaladizos; había una intención en sus ojos que eran muy oscuros.

"Vendrás conmigo, gatita".

Él no esperó que yo respondiera, solo tomó mi mano y me llevó por la salida de emergencia y más allá. ¿Dónde? No lo sabía, pero no me importaba. Yo estaba con Kit. Nada más importaba.

5

Tenía la mano de Crystal en la mía y fue como un maldito viaje en el tiempo. Tocarla era como magia y de repente todo importaba. Mierda, no me había importado nada hacía mucho tiempo, como cuándo comer o dormir o cuándo tener un tiempo libre de nuestro implacable horario. Ahora importaba.

El tiempo era lo que necesitaba. Tiempo para convencerla de que no podía vivir sin ella. Tiempo para recuperar los años de sufrimiento. La necesitaba, desnuda en mi cama y cerca de mil horas para adorar cada pulgada de su cuerpo, para comenzar.

Arrastrándola por la puerta de seguridad trasera,

yo le asentí al corpulento guardia y saludé al auto contratado para llevar a la banda de regreso al hotel. Nosotros nunca regresábamos al mismo tiempo y este pobre bastardo estaría trabajando hasta que todos nosotros estuviéramos donde deberíamos estar. A Cole le gustaba coquetear con las chicas sexy que se alineaban para tocarlo y firmar autógrafos por un par de horas. Reese estaba obsesionado con su equipo y nunca dejaría a nadie cerca de su maldita batería. Él la desarmaba y la armaba siempre solo, cada maldita vez. Tia pasaría horas revisando recibos y reportes del lugar sobre los montos de las ventas. Riley y Sebastian enloquecerían al personal de sonido que se encargaba del concierto de la noche siguiente. Nuestro último concierto en este *tour*. Forrest y Brian se quedarían en la habitación verde y festejarían con algunas de las chicas que vinieron al concierto. Todos parecían tener algo que hacer excepto yo.

El conductor se colocó en frente de nosotros y yo no esperé que él saliera y nos abriera la puerta. Yo salté y le sostuve la puerta a Crystal como un maldito caballero, su tímida sonrisa fue mi recompensa.

Entré después de ella y cerré la puerta, encerrándonos en la cueva oscura.

"De vuelta al hotel, hombre".

Su nombre era Chris o Curt o algo así. Algo con una "C". Pero en realidad, él solo era una cara anónima más en una larga lista. Una semana. Una noche. Una hora. Mi vida era una puerta giratoria de personas que no importaban. Aparte de la banda y Tia, yo no había hablado con la misma persona más de un par de días seguidos por años. Y eso era patético. Solitario. Jugábamos. Escribíamos música. Trabajábamos mucho.

¿Y luego? Horas solo en una habitación de hotel. Horas en un avión con mi propia cabeza, analizando mi vida.

Yo sabía que necesitaba a Crystal desde antes de ver ese anuncio hoy. Nuestro *tour* acababa mañana y todos habíamos estado de acuerdo en tomarnos un tiempo. El último show. Mi plan era volar a California, encontrarla, arrodillarme y rogar que me perdonara.

Pero el universo me la entregó. A mi *Angel*. Justo aquí en Nueva York, donde todo comenzó y terminó.

"Sí, Sr. Buchanan".

"Gracias".

La cortesía era automática, pero yo ya estaba subiendo el vidrio de privacidad. La banda se hospedaba en el mejor hotel en la ciudad, y yo no podía esperar para meter a Crystal en esa cama enorme, presionar su suave cuerpo en el colchón y hacerla gemir y susurrar y decir mi nombre.

Toda. La. Maldita. Noche.

"¿A dónde vamos?". Los ojos de Crystal se encontraron con los míos mientras el brillo de las luces de la calle alumbraba su hermosa cara por momentos y luego dejándola en la sombra. Sus manos estaban en su regazo y ella lucía muy nerviosa.

"Al hotel".

"Oh".

El vidrio de privacidad dejó de moverse con un sonido y yo levanté mi mano para tocar su mejilla. No podía dejar de mirarla. No podía. Diablos, nunca dejé de quererla. Pasé mi pulgar por su labio inferior, preguntándome si ella se volvió a colocar su labial de cereza.

"Kit, esto es una locura. Lo sabes, ¿cierto?". Su voz estaba sin aliento, suave.

"No, no es una locura", dije yo. "Ya era hora".

Eso la hizo pestañear y voltearse para ver por la ventana. Dolor. Así lucía el dolor en la cara de mi gatita. Y era mi culpa. Yo la herí mucho. Sí, lo había hecho por su propio bien, arrancando mi corazón en el proceso. Pero todo había acabado ahora. Ella ya había crecido, era una escritora exitosa. Yo era rico, famoso y tenía todo lo que siempre quise. Todo menos a ella. El peso del éxito sobre el amor no era igual. Demonios, yo obtuve la fama, pero no a la chica.

"¿Por qué estás haciendo esto? ¿Por qué fuiste hoy a la firma de libros?". Ella me miró brevemente y luego alejó su vista.

"¿Podemos hablarlo cuando lleguemos al hotel? Solo faltan unas cuadras".

"De acuerdo". Ella suspiró, pero yo no quería que

pensara mucho. Una vez que esa mente brillante estuviera a trote, probablemente me empujaría del auto y me diría que me fuera al infierno.

Así que la besé. No muy fuerte, no muy locamente. No como si fuera a desnudarla antes de ir a mi habitación. La besé porque ella me hacía feliz. Porque el solo estar con ella hacía que el dolor en mi pecho desapareciera. Ella hacía que todo se fuera.

Los dos estábamos abrazados cuando el auto se detuvo en la acera. El chofer no tuvo mucho tiempo para avisarme. El personal del hotel era muy bueno y rápido. Demasiado rápido.

La puerta se abrió y la luz de varias lamparas al frente del edificio alumbraron la oscuridad del auto. Los ojos de Crystal se abrieron y ella bajó sus manos de nuevo a su regazo, lejos de mí. No me gustó eso.

Yo salí, le bloqueé la vista al botones mientras la ayudaba a salir hacía la acera. Sus jeans y su top con los cortes interesantes en los hombros resaltaban cada curva. Su largo cabello rubio estaba suelto y caía por sus hombros en una ola suave y sexy. Solo verla hacía que cada hueso de mi cuerpo temblara de necesidad.

Desnuda. Mojada. Rogando. Eso necesitaba de ella. Suave y sumisa y recibiéndome dentro de ese suave cuerpo.

Apenas ella salió del auto, coloqué mi brazo alrededor de su cintura y fuimos rápidamente al hotel. No hablamos mientras pasamos por los elaborados arreglos de flores, los candelabros y las obras de arte. El elevador se abrió de inmediato y el personal me recibió por mi nombre más de una vez mientras íbamos en camino a mi suite.

El quinto piso, con un balcón con vista al Central Park. Paredes tan gruesas que podrías tener un concierto de rock y nadie escucharía nada. Todo apestaba a dinero, pero Tia insistió. Cuando llegamos a los diez millones de álbumes vendidos hace un par de años, ella se rebeló y dijo que, si íbamos a vivir en el camino, no nos íbamos a quedar en hoteles de mierda.

A mí no me importaba donde dormía. Esa era la verdad. Siempre y cuando Crystal estuviera conmigo desde ahora.

Sacando la llave de mi billetera, le abrí la puerta y ella entró sin decir nada. Las cortinas habían sido retiradas para que entraran las luces de la ciudad; la vista era espectacular.

"Guau".

"¿Cierto?". Coloqué mi llave de vuelta en mi billetera y la lancé a una mesita cerca de la puerta. La habitación era más que adecuada para mí, con una cama tamaño gigante, una televisión enorme y un baño lo suficientemente grande para estacionar un pequeño camión.

Yo la quería, pero había pasado dos horas saltando, gritando y sudando en el escenario como un maldito cerdo. No iba a desnudarme con mi chica de esta forma. Y hablar llevaría a que nos besemos y besarnos nos llevaría a desnudarnos. Así que, la ducha estaba primero. "Voy a tomar una ducha rápida y luego hablaremos. ¿De acuerdo? Necesito una". Tiré de mi camiseta.

Ella sonrió y algo dentro de mi pecho se relajó. "Lo sé".

Sonreí y me dirigí al baño, cerrando la puerta detrás de mí, pero no totalmente. Yo no quería separarme totalmente y no quería una puerta cerrada entre nosotros. Era una locura, pero yo temía que, si ella escuchaba la puerta cerrarse, se despertara de esta fantasía en la que estaba y huyese.

Desnudándome en tiempo récord, me metí al agua lo más rápida y humanamente posible. Cada minuto que estaba aquí era un minuto en que algo podría ir mal.

Si no oliera como un desastre sudoroso y asqueroso, ya la tendría desnuda y debajo de mí.

El jabón olía a jengibre y a limones y a otras mierdas que nunca usaría, pero funcionaban y era más fácil que empacar ese tipo de cosas yo mismo. Yo era un hombre con una misión y me limpié todo más rápidamente de lo que creí posible. Cerré mis ojos y lavé mi cabello, colocando mi cara debajo del agua para lavarla. Mi rostro estaba en el flujo de agua caliente cuando sentí una mano en mi espalda.

6

*it*

Mis ojos se abrieron y mi pene se puso duro al instante cuando me volteé para encontrarla desnuda en la ducha conmigo.

Demonios.

"Hola".

"Hola".

Ella puso su mano en mi pecho, haciendo un pequeño círculo que eliminó todos los malditos pensamientos de mi cabeza. Nada. No había nada en mi cabeza más que ella. Solo la vista de su cuerpo desnudo. Ella se acercó; sus ojos azules estaban nublados con lujuria, secretos y anhelo. "¿Está bien si hablamos después?".

Luz verde. Vamos.

Claro que sí.

Mi respuesta fue bajar mi cadera a la de ella y acercarla.

Nuestras bocas se fusionaron y yo olvidé respirar. Este no era el beso de la dulce chica que me dio su virginidad hacía tantos años. Este beso era caliente y mojado; sus labios demandaban una respuesta.

Mi pene pulsaba y crecía entre nosotros al punto que me dolía. Su cuerpo era caliente y flexible y yo exploré cada pulgada que podía alcanzar con una necesidad frenética y patética de volver a aprehender sus curvas, de reclamar mi territorio. Su piel era suave; sus curvas, más deslumbrantes de lo que recordaba.

Mía. Ella era mía.

Yo la levanté en contra de la pared de baldosas y besé todo su cuerpo, deteniéndome para adorar sus senos, chupar sus pezones y sobar mi barca por la curva de su cadera de la forma que sabía que la haría estremecerse.

Arrodillándome, abrí sus piernas y usé mis manos para abrirla hacia mí, hacia mi lengua.

Sus dedos se volvieron puños en mi cabello y sus piernas comenzaron a temblar, pero yo no iba a detenerme y no iba a ser gentil.

Miré sobre su cuerpo para ver su mirada nublada. Sí, ella estaba conmigo.

No había ternura en mí, no ahora mismo. Necesitaba que ella gritara mi nombre. Necesitaba sentir que su vagina pulsara y se apretara en mis dedos mientras chupaba su clítoris con mi boca. Necesitaba *conquistarla*.

"Kit". Mi nombre era más un gemido que una palabra.

Sí. Eso era lo que necesitaba escuchar.

Yo chupé y lamí, coloqué dos dedos dentro mientras la trabajaba con mi boca, recordando exactamente cómo le gustaba. Ella se vino encima de mí unos segundos después, sus suaves gemidos eran mejores que cualquier canción que hubiera escrito.

Si yo pudiera hacer una canción que sonara como la mujer que un hombre amaba corriéndose en sus brazos, yo sería el hombre más rico del planeta. Podría escuchar esa mierda toda la noche, y yo iba a hacerlo.

Sus piernas estaban muy débiles para sostenerla cuando alcancé a apagar el agua, pero su mano alcanzó la mía y me detuvo antes de que pudiera hacerlo. "No. Te quiero aquí. Como antes. En contra de la pared, como solíamos hacerlo".

Maldición.

Sus palabras me hicieron recordar. Whitmore tenía buenos vestuarios con duchas y ninguno de los dos quería ir a casa nunca. Ella, por una madre que bebía mucho y un padre que se la pasaba más tiempo quejándose de la vida que trabajando. Yo, por unos padres de la Ivy League a los que nunca podría complacer y por dos hermanos mayores. Nosotros pasamos mucho tiempo en las duchas después de la práctica, follándonos en contra de la pared, justo al lado del equipo de fútbol femenino que estaba en sus duchas privadas.

Yo solía jugar un juego, atrapar cada suspiro y gemido de su placer con mi boca para que no nos descubrieran sus compañeras que se encontraban a solo unos pasos.

Señalando al piso de baldosas fuera de la ducha, vi un pequeño cuadrado negro. Un condón. Ella vino preparada. Quería ser follada aquí. Una vez que me aseguré de que podía pararse por su cuenta, yo abrí la puerta lo suficiente para agarrar el condón, romperlo y botar el envoltorio en el piso.

"Déjame", me dijo.

Yo no le dije que no cuando me lo quitó, pero cuando ella agarró la base de mi pene con su mano izquierda y comenzó a deslizar el condón, no pude evitar un gruñido. Su puño era caliente; ella sabía exactamente cómo agarrarme. El condón fue colocado en tiempo récord y ella arqueó una ceja. Cuando sus labios se curvaron hacia arriba, yo sabía que tenía que hacer algo.

"Voltéate. Manos en la baldosa". Mi voz era profunda, dominante, pero si ella decía que no, yo la levantaría y le haría el amor lenta y dulcemente en mi cama. Eso no es lo que ella quería y cuando hizo lo que dije y puso sus manos en la pared, coloqué una mano en su espalda baja. "Un paso atrás. Más. Buena chica. Ahora dóblate para poder ver ese trasero perfecto".

Mientras ella se posicionaba, me miró por encima de su hombro, me observó mientras la miraba.

Sus caderas eran más grandes de lo que recordaba; su trasero tenía la forma perfecta de corazón. Me rogaba que le diera nalgadas e hice exactamente eso, un golpe juguetón. Ella se tensó, pero mordió su labio. Miré mientras sus senos se tambaleaban; la huella de mi mano se formó en un rosado bonito en su pálida piel.

"¿Por qué fue eso?".

"Por ser tan caliente." Pasé un dedo por su vagina, rosada y mojada.

"¡Kit!", lloró ella, moviendo sus caderas.

"¿Qué necesitas, gatita?".

"A ti", gimió cuando separé mi mano.

Acercándome a ella, agarré su cadera, alineé mi pene y lo deslicé justo adentro. Una penetración larga y malditamente perfecta.

"Oh, dios", gimió ella.

"Maldición", dije. Mis ojos se cerraron y mis dedos

apretaron. "La primera vez va a ser dura. Luego aprenderé cada pulgada de ti. Toda la noche".

"*Sí*".

Era hora de parar de hablar. No podía hacerlo más. Mis necesidades básicas me ganaron y la follé duro. La follé. La reclamé.

Adentro. Afuera. No fui gentil, pero a ella no parecía importarle. La forma en que decía mi nombre y empujaba su trasero en cada penetración me decía que ella lo deseaba. Duro.

Yo se lo daría.

Maldición, desearía no estar usando un condón, pero teníamos que hablar primero. Follar primero, hablar después. Luego ella sería mía y, entonces, yo podría ir sin condón y marcarla con mi semen. Eso tenía a mis bolas apretadas y estaba muy cerca.

"Córrete, Crys. Córrete sobre mi pene".

No estaba seguro de si ella se corrió porque se lo ordené o porque fue demasiado bueno. Eso no importaba porque cuando su apretada vagina comenzó a apretar mi pene, yo sabía que ella se estaba corriendo. Yo la seguí después de eso con mi semen saliendo de mí y llenando el condón como si ella me estuviera ordeñando.

Habría moretones en la cadera donde la agarré, pero eso no me importaba. Ni tampoco a ella. Era solo otra marca de propiedad, de darle exactamente lo que ella necesitaba.

A mí.

Estirándome, apagué el agua y la levanté en mis brazos para llevarla fuera del baño. Esa fue la primera ronda. La segunda ronda sería en una cama.

7
___

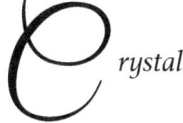rystal

"Debería dejarte caer en tu siesta después del sexo e irme", dije.

Me había tomado unos minutos para saborear el doble orgasmo, pero era momento de enfrentar la realidad. Uno: Kit era tan bueno como recordaba. Mejor. Maldición. Dos: esto era solo una noche. No importaba lo que él dijera y él dijo que quería hablar, él no cambiaría mi decisión de irme. Esto no era una pijamada. Esto no era un "felices por siempre". Él rompió mi corazón una vez. Yo no iba a dejar que eso sucediera de nuevo. Esto fue solo sexo. Un muy, pero muy buen sexo.

Kit estaba echado a mi lado de espaldas, con un brazo sobre sus ojos. Yo vi la curvatura de su sonrisa. ¿El resto de él? Sí, él estaba desnudo, descubierto y muy caliente. Su pene seguía duro y grande.

"Deberías".

Su brazo bajó y él se colocó de lado. Alcanzando la sabana, la puso sobre mí para cubrir mi parte inferior, aunque el brillo de sus ojos me dijo que era intencional cuando se detuvo justo debajo de mis pechos.

"Son más grandes de lo que recuerdo", dijo, con su mirada oscura enfocándose en ellos.

"Sí, bueno, muchas cosas cambian en diez años".

La sonrisa pasó.

"Te he seguido en las noticias", dijo él. Encontró mis ojos y dijo: "Estoy muy orgulloso de ti".

Me calentó que él me dijera eso. Yo no obtuve esas palabras de mis padres. De unos amigos sí, pero no de alguien con valor.

"Gracias".

"En serio, gatita. Hiciste exactamente lo que dijiste".

Yo retiré la mirada y tragué. Su cariño no hacía que esto fuera fácil para mí. "No todo".

Cuando no dijo nada, yo lo miré.

"Tu sueño era irte de tu casa. Ir a Stanford".

"Sí, pero también era ser tu esposa".

Si yo hubiera apuñalado a Kit en el pecho con un

cuchillo, la mirada en su cara no hubiera sido tan mala como esta. Él parecía estar en agonía.

"Te casaste con alguien más". Su voz era baja.

Sí, Robert. Dios, él fue un error. "Tú no eras exactamente una opción disponible".

Yo me volteé para salir de la cama y colocarme la ropa, pero él me agarró por la cintura y me volteó. Su tacto era gentil, pero yo no iba a ir a ningún lado.

"Dilo". Sus ojos se oscurecieron. Había rabia ahí, pero no contra mí. "Dilo, Crys. Has esperado años para gritarme. Hazlo".

"Tú dormiste con Lindsay Mack. Tomaste tu decisión".

Él pasó una mano por su cara, suspirando. "¿Recuerdas lo que dijeron mis padres que harían si seguía con la música?".

Sus padres eran ricos y estirados, estaban más interesados en las apariencias que en las personas. Al menos así eran antes. El nombre Buchanan era tan famoso como Kit. Bueno, no mucho más. Él hizo su propia fama sin el apoyo de sus padres.

"Ellos amenazaron con desheredarte".

Él sonrió al escuchar eso. "Una cosa sobre ellos es que no mintieron. Ellos lo hicieron, Crystal. Yo sabía que ellos iban a hacerlo. El fin de semana del día del trabajo, cuando todos se estaban mudando al dormitorio de la universidad, yo me mudé. Sin dinero. Sin lugar para vivir".

Dios, eso debió haber sido muy duro. Yo no les importaba a mis padres para nada, pero tenía el refugio de una beca completa, cuatro años en Stanford. Un dormitorio, un comedor, todo. Él no tenía nada.

Deliberadamente, me tomé mi tiempo para ver la habitación en este hotel ridículamente caro y famoso por hospedar estrellas de cine y presidentes. "Parece que saliste adelante por ti mismo, y les enseñaste a tus padres el dedo".

Él sonrió débilmente. "Sí, eso hice. Yo no tenía nada, gatita. Yo era nadie. ¿Y tú? Tú ibas a tener éxito. Tus sueños se iban a cumplir. Yo no podía arruinar eso".

No me gustaba a dónde iba esta conversación. Tenía una sensación de inquietud en mi estómago. "Tú eras parte de mis sueños". Contrarresté yo.

Él sacudió su cabeza en la almohada. "No. Yo hubiera matado esos sueños. Cada uno. Tú tenías que ir a Stanford. Tenías que mostrarles a todos lo inteligente y lo malditamente perfecta que eres. Y lo hiciste".

En ese momento salté de la cama y comencé a caminar por la habitación, sin importarme que estuviera desnuda. Miré hacia abajo, hacia la alfombra lujosa de la suite, la forma en que mis pies se entrelazaban en sus suaves hebras. De atrás hacia adelante, procesando lo que él acababa de decir. Me detuve. Juro que mi corazón se detuvo. Lentamente, me volteé para mirarlo. "Tú no dormiste con Lindsay Mack".

Las palabras no eran más que un susurro, pero él me escuchó. Él no lo negó. No dijo que me equivocaba.

"Oh. Dios. Mío. ¿Por qué?".

Comencé a llorar, recordando el momento en que él me empujó. Él había arrancado mi corazón. No parecía un chico que fuera indiferente. Intentó parecer un imbécil y lo hizo muy bien. En mis horas más oscuras, yo creía haber visto un poco de dolor en sus ojos, de tormento, pero solo por un segundo. Me regañé a mí misma por imaginarlo sufriendo mientras lucía igual de destrozado que yo. Pero esa imagen no había sido mi imaginación. La estaba viendo ahora.

Él estuvo callado por un minuto. La verdad estuvo oculta por diez años. Diez años permaneció en silencio; me dejó pensar lo peor de él cuando en realidad lo había hecho por mí.

"Porque tenías que irte. Estabas hablando de rechazar Stanford, de quedarte conmigo. No podía dejarte hacerlo".

Apenas podía verlo a través de las lágrimas.

"Pero...".

"Ven aquí". Su voz era suave, pero yo escuché el trasfondo.

Me acerqué a la cama y coloqué mi rodilla en ella. Él colocó hacia atrás los cobertores, se acomodó debajo de ellos y me jaló hacia él. Estábamos cara a cara, tan cerca que podía ver las manchas oscuras de sus ojos.

"Tú no me hubieras dejado sin una buena razón. Tenía que romperte el corazón y lo siento. Pero tú te hubieras quedado y yo no podía permitir que hicieras eso".

"No era tu decisión", dije yo, secando mis ojos con mis dedos.

"Sí, lo era. Tú eras mía. Para amar. Para proteger de esos imbéciles en la escuela, de ti misma. No podía permitirte abandonar tu futuro por mí".

Yo sacudí mi cabeza; las lágrimas cayeron de nuevo. Dios, lo que él había hecho. Mi corazón había sido destrozado, pero ahora lo entendía. Él tenía razón. Yo tenía dieciocho y era estúpida. ¿Iba a rechazar una beca completa a Stanford para perseguirlo a Nueva York? ¿Y hacer qué? ¿Trabajar de mesera e intentar pagar la universidad comunitaria por mí misma mientras él tocaba?

Él fue fuerte y mucho más inteligente que yo, al menos sobre nosotros. Él me amó lo suficiente para dejarme ir y solo podía imaginarme lo que se sintió al haberme sacado de su vida.

"¿Y ahora?", pregunté.

"Ahora tenemos una segunda oportunidad. Te quiero en mi vida".

Diez años eran mucho tiempo. Ahora éramos personas totalmente diferentes. Su vida era una locura y él vivía en una pecera, siempre en el ojo público. A diferencia de su *tour* promocional, yo vivía una vida tranquila y solitaria. Estaba sola y trabajaba. Sí, aún lo amaba. Una parte de mí siempre lo haría, pero no solo éramos personas diferentes, nosotros vivíamos vidas totalmente diferentes. Y yo no era el tipo de mujer que pudiera lidiar con fanáticas, drogas y engaños. Así que no.

"¿Y esas mujeres?", pregunté, intentando no sentirme celosa de todos sus encuentros.

"¿Qué mujeres?", preguntó él y sentí que mi boca se abría. ¿Qué mujeres? ¿Él creía que era una estúpida? ¿Una estúpida ciega y sorda?

Eso hizo que mis lágrimas se detuvieran. "¿Qué mujeres?", pregunté. "Hay un millón de fotos por todo el internet. ¿Tengo que buscarte en Google? Las tengo grabadas en mi mente, tú con mujeres hermosas, prácticamente encima de ti. Muchas mujeres".

"¿Celosa?", preguntó él y me hizo enojar. ¿Cómo iba a responder eso? ¿Celosa? Sí. Por años. Pero él no era mío. Kit no había sido mío por mucho tiempo.

Mi silencio le hizo fruncir el ceño y el tono de burla desapareció completamente de su voz. "Mira, tú estabas casada. Te habías establecido. Estabas enamorada. Un imbécil puso un anillo en tu dedo y yo estaba asquerosamente celoso. ¿Qué otra cosa podía hacer?".

Yo pensé en Robert. Lo que tuvimos fue una farsa

de matrimonio, creí que sería feliz con él, pero me estaba mintiendo a mí misma. Nunca lo amé. Yo nunca amé a nadie más que a Kit.

"Lo nuestro no funcionó. Yo me divorcié de él hace dos años. No ha... no ha habido nadie desde entonces".

Vi el asomo de calor en sus ojos sabiendo que había pasado mucho, mucho tiempo desde que había estado con un hombre. Dos años. Antes de esta noche, yo sentía que tenía telarañas en mi vagina.

"No voy a mentirte, hubo mujeres en mi pasado, pero ninguna de ellas importó, Crys. Yo no amé a ninguna de ellas. Solo estabas tú. Cuando tú te casaste, tuve que dejarte ir. Estaba intentando sacarte de mi sistema".

"¿Y ahora?", pregunté.

Él me giró y yo ahora estaba de espaldas y él estaba detrás de mí. Sus dedos sacaron el cabello de mi cara. "Ahora eres mía".

Era lo que siempre había deseado que dijera. Había soñado que él se aparecía en mi puerta y me quería de vuelta, que él me decía que ahora sería de él. Pero nunca sucedió. Trabajo. Escuela. Un matrimonio de mierda y un divorcio aún peor. Ese tipo de cosas borraron lo brillante y lo nuevo de mi inocencia como el ácido en flores. Yo sabía lo que era esto, justo ahora. El momento adecuado, el lugar adecuado, mucha química, pero ya no era una pequeña chica inocente. Esto era solo una noche. Solo una noche. Yo no esperaba que él renunciara a su estilo de vida, las mujeres, los *tours* o las fiestas por mí. Él era una estrella de rock. Ya no era mi Kit. Él le pertenecía a todo el mundo. Yo no podía competir con eso. Ni siquiera quería intentarlo, no cuando sabía que rompería mi corazón.

Ambos alcanzamos nuestros sueños, pero nos separamos más en el proceso. No había forma en que pudiera ver que esto funcionara a largo plazo. Pero lo tenía ahora mismo. Esta noche. Podía tomar esta noche y guardarla como la mejor noche de mi vida. Recordaría el sexo, sus manos y sus besos y su pene y me consideraría con suerte por mucho, mucho tiempo.

Cuando él bajó su cabeza para besarme, yo lo besé como si fuera la última vez. No, yo no me iba a ir cuando estuviera dormido. El tráfico de la mañana, los horarios y la realidad vendrían a arruinarnos nuestra fiesta privada en poco tiempo. Y cuando él abrió mis piernas con su rodilla y me metió dos dedos, yo sabía que alejarme iba a ser una de las cosas más difíciles que haría.

8

rystal

Me desperté en un ambiente cálido y acogedor. En los brazos de Kit. Oh, dios mío. Kit Kaswell.

Yo me quité la ropa y entré a la ducha con él. Nunca era agresiva en el sexo. Nunca lo había sido con Kit, hasta ahora. Él dijo que quería una ducha y yo lo imaginé desnudo, con el agua cayendo por esos duros músculos. Sabía que él tenía tatuajes, pero yo quería verlos. Una vez que puse mi mano en su espalda, él se volteó.

Toda. La. Noche.

Yo estaba adolorida en lugares que había olvidado que dolían.

Mi espalda estaba contra la de él y su pene estaba presionando, pesado y grueso, contra mí. El brazo por encima de mi cintura me tenía segura y su palma agarró mi seno. Encajaba perfectamente.

"Buenos días", dijo él, con su voz ronca y media dormida.

Su mano se movió; él jugó con mi seno mientras sus dedos tocaban gentilmente mi pezón. Este no era el ritmo loco de la ducha, sino algo suave. Estaba funcionando.

"Mmm", murmuré. "¿De nuevo?", pregunté cuando él movió sus caderas.

"Siempre". Acercándose, él mordió el lugar donde mi cuello se encontraba con mi hombro. No había sido un lugar caliente para mí cuando éramos adolescentes, pero ahora definitivamente me gustaba. Y él lo sabía. Él lo supo a las tres de la mañana cuando me desperté con su cabeza entre mis piernas. Guau, un orgasmo era una gran manera de despertar.

Pero ahora, ahora tenía que orinar.

Me escapé de su agarre y salí de la cama. Viendo por encima de mi hombro, lo vi mirándome con una sonrisa astuta en su cara.

Mientras iba al baño, sacudí mi cabeza. "Eres tan malo...".

Él retiró los cobertores, agarró su pene, esa parte de él que movió mi mundo tres veces anoche y lo acarició. "Por supuesto".

Yo cerré la puerta y me incliné sobre la fría madera. Solté un suspiro cuando escuché sonar al teléfono, seguido de él maldiciendo mientras hablaba con alguien.

Vida real, aquí vamos.

Yo estaba en problemas. Fui al espejo y me miré. Me miraba como a una mujer bien follada. Mi cabello estaba enredado y enmarañado. Mi piel tenía un brillo rosado y mis pezones estaban duros. Me acerqué al espejo y miré abajo. Tenía una mordida en la parte superior de uno de mis senos. Kit les había prestado mucha atención a ellos, pero yo no me di cuenta cuándo lo había hecho. Iba a estar ahí por días.

La sonrisa se fue de mis labios. Días. Yo no estaría. No, él se iría y su marca quedaría. No tenía que ver la pequeña marca roja para recordar nuestro tiempo juntos. No lo olvidaría. Nunca. Al igual que nunca había olvidado nuestro tiempo como adolescentes.

Solo fue una noche. Fue increíble, pero él iba a tener que arrastrarse fuera de esa cama y fuera de mi vida. Yo tenía que hacer una caminata con vergüenza hasta mi propio hotel. Mierda. Yo era la fanática que él trajo a su habitación de hotel después de un concierto y yo sería la fanática que se iría, caminando un poco inclinada, con la misma ropa que la noche anterior. ¿El personal del hotel? Ellos probablemente notaron todo. Todo.

¡Qué vergüenza!

Kit no iba a abandonar a su banda y yo me rehusaba a ser la persona que lo retuviera. Las fiestas, las mujeres, el estilo de vida. Dios, esta habitación de hotel. Yo nunca había estado en una habitación así, ni siquiera había soñado con eso. Todo apestaba a dinero, desde el grueso edredón a la gruesa alfombra de color crema bajo mis pies. No, esta no era mi vida. Era hora de regresar a la realidad. Ser una estrella de rock era su sueño y yo nunca escuché decir a nadie que tener una esposa conservadora era parte de la ecuación de una estrella de rock.

Yo no era el tipo de mujer que se quedara en casa sentada esperando pacientemente mientras él me dejaba por meses. Las relaciones a distancia eran una mierda y yo sabía que mi corazón no aguantaría ese tipo de estrés. No sobreviviría intentar una relación a larga distancia con Kit.

Cuando yo salí del baño, Kit estaba sentado a un lado de la cama.

"Tia llamó. Una estación de televisión nos dedicó un tiempo al mediodía. Tenemos que irnos".

El dolor ya había comenzado. La pérdida. Esta vez era mi culpa. Yo lo dejé entrar y ahora tenía que vivir con el dolor de no poder quedármelo.

"Tengo que ducharme". Él se acercó y colocó sus nudillos en mi mejilla. ¿Por qué tenía que ser tan dulce?

No podía decir nada por el nudo en mi garganta, así que asentí.

"Dame diez minutos y luego colocaré mi boca en tu vagina de nuevo. Una saboreada más antes de irme".

La vagina mencionada se mojó solo de escucharlo; con la imagen mental de él arrodillado en el suelo, sus manos agarrando mi trasero mientras lamía y chupaba despiadadamente mi clítoris.

Besando mi frente, él se volteó y entró al baño. Cuando escuché que el agua comenzó a correr, yo sabía que tenía que irme. Ahora. Si él salía con nada menos que una toalla a la cintura, toda mi voluntad iba a evaporarse al instante.

Agarré mi ropa, me la puse, encontré mi cartera. No podía irme sin decirle algo. Mientras sabía que no tendría el coraje de decírselo a la cara, él solo me agarraría y me colocaría debajo de él. Una nota serviría. Él no podía discutir con una nota en su almohada.

Encontré un bloc de notas del hotel y un bolígrafo en el escritorio; y escribí algunas líneas.

Listo. Terminado. Cierre.

Con un último vistazo a la puerta cerrada del baño, pensando en el hombre que probablemente se estaba enjabonando su hermoso cuerpo, salí por la puerta. Fuera de la vida de Kit. Fuera de su camino.

Kit

Mi pene estaba muy duro. De nuevo. Era como un chico de quince años que no podía controlarlo. Diablos, la follé como tres veces y aún no estaba listo. Dudaba que alguna vez lo estuviera. Agarré mi pene, lo acaricié una vez y lo solté. No, no lo malgastaría en la ducha. Todo mi placer, todo mi semen sería para ella. Quería llenarla, entrar en ella y follarla sin condón. Sin nada entre nosotros.

Gruñí por el dolor en mis bolas. Agarrando el jabón, me limpié rápidamente. Colocando una toalla en mi cintura, agarré otra y sequé mi cabello.

"Échate en la cama y abre esas hermosas piernas. Quiero tu vagina como desayuno", le dije.

Cuando abrí la puerta, esperaba ver a una complaciente y ansiosa Crystal. La cama estaba vacía.

"¿Crys?". Llamé, pero ya lo sabía. Ella se había ido. Sus ropas no estaban en el suelo.

Vi la nota.

La noche fue increíble. *Gracias. Fue genial verte. Me tengo que ir. Tengo firmas a las dos. Buena suerte con el tour. - Tuya, C.*

. . .

"Mierda", dije, apretando el papel en mi puño.

Dejarle a una maldita escritora que escribiera una nota. Debería estar enojado con ella. No lo estaba. Yo la amaba aún más. La forma en que me sentía ahora que ella no estaba era como si me hubieran cortado con un maldito cuchillo de mantequilla. Solo podía imaginar lo que ella sentía, alejándose de mí, de *nosotros*. De nuevo. Esta vez sin mentiras entre nosotros. Ella sabía que yo la amaba. Sabía que yo me había alejado por ella y ella aceptó que había sido la decisión correcta para ambos.

Pero mientras miraba la cama vacía, me di cuenta de que había cometido un maldito error. Colosal. Yo solo hablé del pasado.

Yo la amaba ahora y no se lo había dicho. Estaba tan ocupado ahogándome en ella que no había dicho las palabras. La besé, la follé y olvidé decirle lo que quería.

A ella. Para siempre. Un anillo dorado en su dedo y ella en mi cama cada noche por el resto de mi vida.

A la mierda esto. Yo no iba a dejarla ir. ¿Mi banda? Sí, ellos habían sido mi vida, pero ellos podían aceptarlo. Crystal era mi vida ahora. Siempre lo había sido, pero yo ya había puesto mi vida primero por mucho tiempo. Tenía dinero. Fama. Ahora podía cuidarla. Era hora de ponerla a ella primero. Era hora de vivir. De realmente vivir. Y no podía hacer eso sin ella. Tenía que mostrarle que podíamos hacer que esto funcionara. Seguir nuestros sueños y tenernos ya no eran mutuamente exclusivos. Ya no teníamos dieciocho. No éramos artistas hambrientos o a la merced de nuestros padres miserables.

Podíamos ser lo que quisiéramos. Podíamos hacer lo que quisiéramos. Juntos.

Bajando la toalla, fui al teléfono y llamé a la única persona que podría ayudarme a resolver esto.

"Tia, necesito tu ayuda".

9
———

rystal

La mano de Vi era como un tornillo alrededor de mi muñeca, pero yo no encontraba la energía para soltarme. Una sensación de *Déjà vu* me invadió mientras caminábamos por la repleta arena. Miles de personas estaban entrando como un río de caras en una corriente constante alrededor de mí. Por las escaleras mecánicas. Abajo. Moviéndose como corrientes salidas por los corredores, todos emocionados y sonrientes, sonriendo y felices de pie en la línea para pagar demasiado por una camiseta con la cubierta del álbum de Nightbird estampada en la parte frontal y una lista de las ciudades del *tour* en la parte trasera. O la cara de Kit.

Esa cara. Dolía verla en los pósteres por todos lados.

Todos querían algo de él.

"¿Qué estamos haciendo aquí? Dijiste que íbamos a salir con algunos de tus amigos en la ciudad". Habíamos hecho esos planes hacía dos semanas. Esta era el pueblo de Vi y ella chilló cuando vimos el final de los tres días del *tour* de publicidad. Yo estaba exhausta, mentalmente. Y mientras más intentaba olvidar las últimas veinticuatro horas, mi cuerpo se rebelaba más. Todavía podía recordar a Kit dentro de mí, besándome, haciéndome sentir.

"Confía en mí". Vi tiró y yo avancé a través de las masas, intentando mezclarme. Vi había insistido en que nos vistiéramos bien esta noche. Sin jeans. Yo esperaba un club con música ruidosa, mucho alcohol y nada de memorias dolorosas y me vestí de acuerdo con la ocasión. Tenía una minifalda negra pegada que resaltaba cada curva. Mis tacones eran demasiado altos, las tiras en mi tobillo hacían un sexy giro que me hacían creer que no estaba totalmente perdida. Mi cabello estaba suelto y me había tomado el tiempo para maquillarme, la armadura que necesitaba para ocultar mi miseria del resto del mundo.

Un poco de vino y baile y probablemente olvidara

a Kit. ¿Pero aquí? Eso no iba a suceder. Puede que me sintiera como mierda, pero al menos lucía bien.

Sacudí mi cabeza y dejé que me jalara con ella. Di un suspiro de alivio cuando pasamos al guardia de seguridad que nos permitió ir al área detrás del escenario la noche anterior. Yo no necesitaba repetir un concierto de Kit Buchanan. El hombre ya estaba impreso en mi alma.

Yo no sabía lo que tramaba Vi, pero no me importaba mucho. Estaba caminando en una niebla desde que dejé a Kit en la mañana. Si bien no veía un futuro para nosotros, eso no significaba que no me doliera.

Una ruidosa canción de rock comenzó en la arena principal y Vi saltó y comenzó a caminar el doble de rápido. "¡Vamos! Nos lo vamos a perder".

"¿Perder qué? Vi, sé que te gusta esta banda, pero un concierto fue suficiente".

¿Podré escuchar sus canciones en la radio sin enojarme?

Yo no quería ver a Nightbird de nuevo. Debí haberle dicho sobre la noche anterior, de cómo me alejé de Kit. No éramos una pareja. No éramos nada. Pero si le explicaba, yo hubiera comenzado a llorar y yo ya había llorado lo suficiente por lo que pudo haber sido con él.

"Ya lo verás". Ella sonrió y yo tiré hacia atrás para liberar mi mano cuando la mánager de la banda de Kit,

Tia, llegó. Ella estaba usando pantalones y una blusa que la hacía parecer más la CEO de un banco que la mánager de una banda de rock. Pero, como sea. Ella era pequeña, pero dura como las uñas y yo respetaba eso.

"Vi. Crystal. Ya era hora. Llegan tarde".

¿Tarde?

Vi se encogió de hombros. "Lo siento. Lo intenté".

Tia me miró de arriba abajo, asintiendo y usando una tarjeta de seguridad para abrir la puerta que estaba detrás de ella. Yo vi un pasillo con puertas. "¿Qué sucede? Vi, te juro, si vas a hacer alguna estrategia rara de publicidad, te voy a matar".

Tia levantó sus manos y se deslizó detrás de nosotros, apurándonos a que pasáramos por la puerta como un perro pastoreando a las ovejas. Sentía que estaba siendo manejada, pero no sabía qué hacer al respecto. Y, siendo totalmente honesta, en el fondo, mi curiosidad estaba totalmente activa. "Vamos. Vamos. Vamos".

Vi entró al corredor y yo la seguí. La música era ruidosa aquí también, pero amortiguada de manera extraña; el bajo resonaba a través de las paredes y del techo, pero estaba tan amortiguado que no lograba escuchar qué canción estaba tocando la banda.

"A la derecha. La derecha". Tia nos siguió y cerró la puerta detrás de ella, revisando dos veces que estuviera cerrada, y levantó su barbilla para asentirle a un guardia de seguridad gigante que no había notado antes. Él avanzó y se colocó en frente de la puerta como si fuéramos prisioneras en vez de invitadas.

Tia avanzó por el corredor, nuestros tacones hacían ruido en el duro piso mientras Vi y yo la seguíamos.

"Vi", me quejé. "Mira, vamos a ir a un bar o algo". *Y olvidar... todo.*

Ella me ignoró. Maldita sea.

Parecía que caminamos por siempre, el corredor curvo crecía en un bucle interminable; el final siempre doblaba fuera de la vista.

Tia caminó a otra puerta cerrada y utilizó una llave electrónica en un panel electrónico. Cuando la puerta se abrió, dos grandes hombres estaban al otro lado. Tia los saludó y luego se volteó, señalándome. "Caballeros, esta es Crystal. ¿Podrían, por favor, escoltarla a su lugar?".

Uno de los hombres movió su brazo para indicarme que debía caminar con él. ¿Qué diablos estaba sucediendo?

Con un último vistazo a Vi, cuya cara, por primera vez, no soltaba nada; yo seguí al hombre por el pasillo. Vi y Tia iban detrás de mí. Con cada paso, el volumen de la música aumentaba a niveles casi dolorosos.

Tres pasos más y volteamos en una esquina. El hombre abrió una pequeña puerta y asintió mientras yo pasaba... al escenario.

Mierda.

Con un empujón gentil, pero sólido, yo avancé lo suficiente para que toda la audiencia pudiera verme. Volteando a ver por encima de mi hombro, vi que la puerta se había cerrado. Estaba sola. Bueno, lo más sola que podía estar a solo unos pasos de Kit con miles de fanáticas gritando debajo del escenario.

Dios, él lucía bien usando su usual uniforme de rock de jeans gastados y camiseta negra.

La pantalla gigante detrás de la banda parpadeó cuando Kit le dijo a la banda que dejara de tocar. Los colores psicodélicos se esfumaron y de inmediato me vi a mí misma en esa pantalla. Yo. Casi veinte pies de alto.

Kit alzó su mano y la multitud quedó en silencio, esperando. Como si tuvieran un gran secreto y estuvieran aguantando la respiración.

La sonrisa de Kit hizo que mi corazón palpitara, pero él no me miró mientras hablaba con la audiencia. "¿Recuerdan esa historia que les conté hace algunos minutos?".

Los gritos empezaron a sonar por la arena y mis manos apretaban y soltaban mis lados. ¿Qué historia?

Las voces sonaban aleatoriamente en la audiencia.

¡Cásate con él!
¡Perra suertuda!
¡Si no lo quieres, yo lo acepto!
¡No lo hagas, Kit! ¡Te amo!

Antes de que pudiera procesarlo, la banda

comenzó a tocar nuestra canción suavemente, más como un fondo musical que como una canción. Nuestra canción. La canción que estábamos escuchando la primera vez que hicimos el amor. La canción que solía cantarme cuando estaba desnuda en sus brazos. Esa canción que seguía rompiéndome el corazón cada vez que la escuchaba en la radio. ¿Cómo lo sabían? Oh, dios. Kit les había dicho. Ellos lo sabían. No, ellos estaban en esto.

Oh. Dios. Mío. ¿Qué estaba haciendo? Comencé a temblar. Kit amaba estar en el escenario, alardeando en frente de miles de fanáticas. Yo no. Yo odiaba ser el centro de atención.

Kit avanzó y colocó una rodilla a mis pies. Mi boca se abrió.

"Crystal, sé que estás asustada. Sé que esto es una locura, pero te amo. No quiero vivir otro día sin ti. No puedo".

Los gritos aumentaron en la multitud, animándome a hacer todo, desde besarlo a pegarle en las bolas. Algunos me rogaban que no lo hiciera. Era una locura. Este momento era una locura.

Viendo la cara de Kit, mi mirada encontró la suya y todo lo demás desapareció. Esto era entre él y yo. Nosotros. Y yo vi todo en sus ojos. Amor. Devoción. Desesperación. Necesidad.

"¿La banda? Puede haber sido mi sueño, pero tú eres mi vida. Por favor, di que sí". Él dijo eso suavemente para que el micrófono no lo registrara. Solo para mí. "No tenemos que escoger. Podemos salir adelante. Dame una oportunidad. Podemos tenerlo todo. Juntos".

El anillo brillaba con un fuego interno mientras Kit lo colocó en mi dedo. Yo miré desde anillo hacia él, y me di cuenta de que no le había contestado. Pensé que debía ser una o la otra. Nuestros sueños o nuestro amor. Él tenía razón. Podíamos tener ambas. Yo podía tener ambas. Yo era una escritora. Yo podía escribir desde cualquier lugar. Y donde yo quería estar era con él.

"¿Crys? Te amo. Siempre te he amado. Por favor, cásate conmigo". La banda dejó de tocar y las luces se apagaron hasta que todo estaba oscuro, excepto por una luz que nos alumbraba como si fuéramos las únicas dos personas en el mundo.

Un calor me recorrió las mejillas y me di cuenta de que estaba llorando. Todo me dolía por dentro, un dolor tan salvaje y poderoso, pero al mismo tiempo muy bueno. Asentí, pero subí mi mano. "Siempre y cuando no tenga que subir de nuevo al escenario".

Él sonrió y era hermoso. Tenía todo lo que había querido, al igual que yo. Nos tomó diez años, pero fue el tiempo que necesitamos para tener todo lo que deseaban nuestros corazones. Trabajamos duro por eso. Nos lo ganamos. Nos lo merecíamos.

"Trato hecho. Esposa".

Me incliné para besarlo, necesitaba compartir todo lo que estaba sintiendo con él, con todo el mundo observando. De repente, no me importaba que miraran. Él era mío.

La multitud enloqueció, pero yo la silencié. Todo lo que me importaba era el hombre que se levantó y puso sus brazos alrededor de mí. Sus labios encontraron los míos y yo fui consumida por él, por este amor que explotó como una bomba dentro de mi pecho, que me dejó en pedazos.

Yo no tenía ninguna defensa para él. Nunca la tuve.

EPÍLOGO

os meses después...

Crystal

Londres. Ámsterdam. Berlín, la semana pasada.

Suspiré y me acurruqué en el sofá del camerino de Kit en los pisos inferiores del gran estadio. Estábamos en Londres para el tercer concierto. Ya habíamos visitado todas las trampas para turistas. Él me inclinó sobre el sofá en nuestra habitación de hotel anoche y me hizo enloquecer, todo mientras hablaba sucio con un acento británico que me volvía loca. Tenía un talento para adaptar su voz a cualquier lugar donde estuviéramos. Yo le bromeaba diciéndole que podría haber sido algún tipo de experto en idiomas de la CIA o un espía en vez de una estrella de rock. Mañana volaríamos a Dublín. Whisky irlandés, verde por todos lados y Kit prometiéndome desnudarme y hablarme sexy con acento irlandés.

Eso sería interesante.

El ruidoso bajo de los parlantes del concierto atravesaba el suelo y las paredes; y yo movía mi pie con una sonrisa, sabiendo que mi hombre estaba haciendo lo suyo. Compartiendo su pasión con el mundo.

Con mi laptop abierta, yo escribía. Estaba cerca de terminar. Unas cuantas páginas y estaría lista para enviar este bebé a mi editor y tomar un descanso.

Kit también estaba listo para un descanso. Ocho semanas en *tour*. Vi lugares increíbles, amé cada minuto. Pero todo lo que yo quería era a Kit, una cama caliente y días flojos sin ningún lugar al que ir y nada que hacer. Él estaba de acuerdo y forzó a Tia a alargar las fechas para las grabaciones del próximo álbum. Por mí, o por nuestro amor, toda la banda había decidido ir más lento. Ellos habían perseguido su sueño por mucho tiempo aunque no se habían dado cuenta de que ya lo habían alcanzado. Era hora de vivir un poco también.

Especialmente ahora. Especialmente para mí y Kit. Yo tuve el permiso de mi doctor para dejar los condones. Ya había tomado suficientes pastillas para estar segura del embarazo. Por fin podría darle a Kit lo que él quería. La próxima vez que me tomara no habría látex entre nosotros. Nada más que piel con piel. Él dijo que quería llenarme con su semen, marcarme. Esas sucias palabras me pusieron caliente y ansiosa por tenerlo.

Yo iba a esperar dos semanas hasta que estuviéramos en una playa diciendo nuestros votos en nuestra noche de bodas. Sí, cierto. Yo también quería a Kit sin condón dentro de mí. Yo ansiaba estar piel con piel. Y Kit sería mío para siempre.

Busqué el sonido de mis auriculares y lo aumenté, ahogando el concierto para poder concentrarme. La fecha de entrega de este libro no iba a arruinar nuestra boda o las dos semanas que íbamos a estar en la playa follando como conejos en nuestra luna de miel.

Una hora después coloqué mi laptop en mi mochila, listo. Lo mejor de este trabajo, de ser escritora, es que podía hacerlo en cualquier lugar del mundo siempre y cuando tuviera internet. Esto significaba que podía viajar con la banda y hacer mi trabajo, hacer lo que amaba. Ninguno de los dos tuvo que abandonar sus sueños para estar juntos. Vi estaba encantada de que yo pudiera trabajar y estar con Kit. Demonios, ella solo quería acceso permanente a su banda favorita y a los chicos sexy, además de Kit.

La puerta se abrió y ahí estaba él.

Un dios del rock.

Mi dios del rock.

"Hola".

Me eché en el sofá y le sonreí abriendo mis piernas como invitándolo. Yo acababa de pasar dos horas escribiendo una de las escenas de sexo más calientes. Estaba esperándolo. "Hola".

El vestido de tubo que llevaba era como una segunda piel y yo estaba desnuda debajo, justo como le gustaba. Era azul, del mismo color que mis ojos y estaba guardando este vestido para esta noche, nuestra última noche en Londres, para enloquecerlo.

Él cerró la puerta detrás y giró la cerradura; el sonido me hizo temblar con anticipación. No tenía interés en las fiestas, las fanáticas o en el resto de la banda. Cuando el concierto terminaba, él solo me quería a mí.

"¿Me acabas de mostrar una vagina desnuda?".

"Sí". Levanté una ceja y lo hice de nuevo. "¿Qué vas a hacer al respecto?".

Él se acercó sin romper el contacto visual. Para cuando se arrodilló en frente de mí con sus manos recorriendo mis muslos, yo apenas podía respirar. Este momento era lo que había estado esperando todo el día: cuando el trabajo terminaba y éramos nosotros. De esta forma.

Levantándose, él se inclinó y me besó como solía hacerlo mientras usaba sus manos para subirme el vestido sobre mis muslos. Yo estaba desnuda de la cadera hacia abajo, con los zapatos puestos, un top encima y el cabello y maquillaje perfecto. El aire frío en mi núcleo mojado me hizo sentir sucia y me encantaba. Me encantaba que Kit no podía dejar de tocarme.

Él me besó como si yo fuera su aire y me derretí en él, listo para darle lo que quisiera y ser todo lo que él necesitara que fuera. Kit mordisqueó su camino por el lado de mi cuello y mantuvo sus hombros entre mis muslos abiertos. "¿Qué quieres que haga al respecto?".

Me eché a reír y levanté mis tacones alrededor de sus muslos, cerrando mis piernas en él. "Estreméceme".

Él gruñó y bajó su cabeza, para encontrar mi pezón a través de la tela de mi vestido. No perdió el tiempo. Con un movimiento fuerte, colocó mis caderas hacia el borde del sofá y reclamó mi vagina con su boca. Él era mi dueño; dos dedos se deslizaron para llenarme mientras su boca estaba en mi clítoris.

Yo exploté en tiempo récord; su nombre aún estaba en mis labios cuando él bajó sus pantalones y sacó su grueso y duro pene. Fue a buscar un condón y yo lo detuve. "No lo necesitas".

"¿Qué?". Su mirada encontró la mía y yo vi lujuria, necesidad, confusión. Su pene era dueño de su cerebro en este momento, así que yo se lo deletreé.

"Hoy hablé con la enfermera. Dijo que no hay problema. Ha pasado suficiente para que esté segura".

Kit soltó el pequeño paquete a un lado y se inclinó a besarme mientras su pene se deslizaba en una dura penetración.

Él se estremeció, su reacción me hizo sentir poderosa, femenina, y como si hubiera conquistado el mundo.

"Dios, Crystal. Nunca había estado sin condón nunca. Con nadie. Se siente bien. Demasiado bien".

El roce de piel con piel era increíble y muy íntimo. No había nada entre nosotros. Nada. Y nunca lo habría. Nunca más.

"Te amo, gatita".

"Yo también te amo".

Y esas fueron las últimas palabras que dijimos por mucho tiempo.

Alístate para un vistazo al próximo "Chicos malos y billonarios" en...
Leñador por Jessa James

OTRAS OBRAS DE JESSA JAMES

Chicos malos y billonarios

Una virgen para el billonario

Su rockero billonario

Su rockero billonario

Un trato con el billonario

Chicos malos y billonarios

El pacto de las vírgenes

El maestro y la virgen

La niñera virgen

Su virgen traviesa

Club V

Esstrato

Desatada

Al descubierto

Libros Adicionales

Suplícame

Cómo amar a un vaquero

Cómo abrazar a un vaquero

Por siempre San Valentín

Anhelo

Malos Modales

Mala Reputación

Bésame otra vez

Ardiente como el infierno

Finge que soy tuyo

Falsa prometida

Dr. Sexy

A todo ritmo

Buscando un bebé

ALSO BY JESSA JAMES

Bad Boy Billionaires

A Virgin for the Billionaire

Her Rockstar Billionaire

Her Secret Billionaire

A Bargain with the Billionaire

Billionaire Box Set 1-4

The Virgin Pact

The Teacher and the Virgin

His Virgin Nanny

His Dirty Virgin

The Virgin Pact Boxed Set

Club V

Unravel

Undone

Uncover

Club V - The Complete Boxed Set

Cowboy Romance

How To Love A Cowboy

How To Hold A Cowboy

Treasure: The Series

Capture

Control

Bad Behavior

Bad Reputation

Bad Behavior/Bad Reputation Duet

Beg Me

Valentine Ever After

Covet/Crave

Kiss Me Again

Contemporary Heat Boxed Set 1

Handy

Dr. Hottie

Hot as Hell

Contemporary Heat Boxed Set 2

Pretend I'm Yours

Rock Star

The Baby Mission

HOJA INFORMATIVA

FORMA PARTE DE MI LISTA DE ENVÍO PARA SER DE LOS PRIMEROS EN SABER SOBRE NUEVAS ENTREGAS, LIBROS GRATUITOS, PRECIOS ESPECIALES, Y OTROS REGALOS DE NUESTROS AUTORES.

http://ksapublishers.com/s/c4

ACERCA DEL AUTOR

Jessa James creció en la Costa Este, pero siempre sufrió de un caso severo de pasión por viajar. Ella ha vivido en seis estados, ha tenido una variedad de trabajos y siempre regresa a su primer amor verdadero, escribir. Jessa trabaja a tiempo completo como escritora, come mucho chocolate negro, tiene una adicción al café helado y a los Cheetos y nunca tiene suficiente de los machos alfa sexys que saben exactamente lo que quieren y no tienen miedo de decirlo. Las lecturas de machos alfa dominantes y de amor instantáneo son sus favoritas para leer (y para escribir).

Inscríbete AQUÍ al boletín de noticias de Jessa
http://bit.ly/JessaJames

www.ingramcontent.com/pod-product-compliance
Lightning Source LLC
LaVergne TN
LVHW011848060526
838200LV00054B/4233